DIESES BUCH GEHÖRT:

Die drei ???

Die drei ???

Der Ruf der Krähen

erzählt von André Minninger

KOSMOS

Umschlagillustration von Silvia Christoph, Berlin
Umschlaggestaltung von der Peter Schmidt Group, Hamburg,
auf der Grundlage der Gestaltung von Aiga Rasch (9. Juli 1941–24. Dezember 2009)

Unser gesamtes lieferbares Programm und viele weitere Informationen zu unseren Büchern, Spielen, Experimentierkästen, Aktivitäten, Autorinnen und Autoren findest du unter **kosmos.de**

FSC www.fsc.org MIX Papier | Fördert gute Waldnutzung FSC® C083411

Gedruckt auf Cradle to Cradle Certified™ Munken Papier

ISBN 978-3-440-17799-0
Redaktion: Anne Pagel
Lektorat: Nina Schiefelbein
Produktion und Satz: DOPPELPUNKT, Stuttgart
Druck und Bindung: CPI books GmbH, Leck
Printed in Germany / Imprimé en Allemagne

Die drei ???

Der Ruf der Krähen

»Sie bringen mich um!«

Die ganze Nacht hindurch hatte es endlich geregnet, endlich, nachdem ganz Kalifornien von einer mehrwöchigen Hitze- und Dürrewelle geplagt gewesen war. Der reichliche Niederschlag bewahrte die Pflanzen- und Tierwelt zumindest vorerst vor dem Verdursten.

Als Peter Shaws Wecker um sieben Uhr klingelte, ließ der Regen gerade nach und die ersten Sonnenstrahlen durchdrangen das dichte Wolkenband. Was für ein herrlicher Samstagmorgen! Peter zögerte nicht lange. Das war der perfekte Zeitpunkt, um durch den Palisades Park zu joggen. Mit Sicherheit waren nach dem starken Regen nur wenige Menschen dort anzutreffen, was Peter einen ungestörten und entspannten Lauf ermöglichen würde.

Als er eine Viertelstunde später im Park ankam, sah er seine Vermutung *mehr* als bestätigt: weit und breit keine Menschenseele in Sicht. Was für eine Idylle … Peter überkam das Gefühl, als würde die ganze Anlage nur ihm gehören. Eine Joggingrunde auf seinem *eigenen* Privatgelände! Auf den regennassen Asphaltwegen begann die Feuchtigkeit zu verdunsten. Dampfschwaden bildeten sich, sodass Peter glaubte, auf Wolken zu schweben. Vereinzelte Vögel zwitscherten in den Sträuchern. Noch war die Luft recht erfrischend, doch schon bald würde es unangenehm schwül werden. Die Meteorologen hatten erneut hohe Temperaturen vorhergesagt.

Doch daran wollte Peter jetzt nicht denken. Genieße den momentanen Zustand und tanke einfach nur auf, philosophierte er beim Laufen und musste unwillkürlich grinsen. Peter Shaw – in dir schlummert ja ein wahrer Poet! Wenn du deinen Job als Detektiv mal an den Nagel hängen solltest, könntest du es vielleicht als Dichter …

Ein plötzliches, ohrenbetäubend lautes Krächzen riss Peter aus seinen Tagträumen. Er verlangsamte sein Lauftempo, blieb dann irritiert stehen und versuchte, die genaue Richtung zu orten, aus der die ungewöhnlichen, fast aggressiven Vogellaute kamen. Seiner Einschätzung nach handelte es sich um Krähen, mindestens zwanzig oder dreißig Stück, die offenbar in heller Aufregung waren. Es klang, als würden die Vögel einen Großalarm ausrufen und sich in Kampfposition begeben.

Peter ließ seinen Blick über die Bäume und Sträucher in dem Parkteil wandern, aus dem die vermeintliche Bedrohung bisher nur zu hören, aber nicht zu sehen war. Plötzlich vernahm er hinter sich ein lauter werdendes Flattern. Entsetzt fuhr er herum: Zwei ausgewachsene Krähen kamen wie aus dem Nichts pfeilartig auf ihn zugeschossen. Sie wirkten alles andere als friedfertig. Reflexhaft warf sich Peter zu Boden, hielt schützend die Hände über den Kopf und rechnete mit einem Angriff. Doch so schnell, wie die beiden Vögel aufgetaucht waren, waren sie auch schon haarscharf über ihn hinweggeflogen. Als er vorsichtig aufblickte, konnte er gerade noch sehen, wie sie in der Ferne auf eine große Korkeiche zusteuerten und blitzschnell in deren dichtem Blattwerk verschwanden.

Peter atmete erleichtert auf. Die Gefahr schien für ihn gebannt zu sein. Doch als er den Kopf wandte, näherte sich jetzt ein ganzer Schwarm Krähen. Dreißig, vierzig … Unmöglich für ihn, die genaue Anzahl zu erfassen. Wieder presste Peter das Gesicht auf den Boden, schützte seinen Kopf, registrierte aber zu seiner Erleichterung, dass es die Vögel auch dieses Mal nicht auf ihn abgesehen hatten. Sie flogen ebenfalls auf die Korkeiche zu und gesellten sich zu ihren Artgenossen.

Das Gekrächze in dem Baum wurde zunehmend lauter, während Peter sich langsam aus seiner Starre löste und vorsichtig aufrichtete. Was ging hier vor sich? Nie zuvor hatte er dieses schwarze Federvieh als eine Bedrohung empfunden. Doch vielleicht war ja auch alles ganz harmlos und er bildete sich da etwas ein. Möglicherweise hatten die Krähen nur eine Versammlung einberufen, um etwas Wichtiges zu besprechen …

Besprechen? Peter tippte sich belustigt an die Stirn. Glaubte er wirklich, die Vögel redeten miteinander wie Menschen? Er hatte sich mit diesen unheimlich wirkenden Kreaturen bisher noch nie näher beschäftigt. Biologie gehörte nicht gerade zu seinen Lieblingsthemen. Andere Dinge lagen ihm weitaus näher. Neben der Detektivarbeit, die er gemeinsam mit seinen Freunden Bob Andrews und Justus Jonas betrieb, stand für ihn vor allem das Surfen an oberster Stelle. Am liebsten mit Jeffrey, einem engen Kumpel aus der Nachbarschaft.

Plötzlich schoss es Peter durch den Kopf, dass er sich ja mit ihm zu einem gemeinsamen Surftrip morgen verabreden wollte. Jeffrey war in letzter Zeit ganz schön genervt gewesen, weil Peter kurz hintereinander zwei Verabredungen hatte absagen müssen, da er mit Justus und Bob in einen ziemlich haarigen Fall verwickelt gewesen war. Aber morgen war mit Jeffrey Surfen angesagt, koste es, was es wolle.

Dieser Gedanke erfüllte Peter mit so viel Vorfreude, dass er dem aufgebrachten Gekrächze in der Korkeiche keine große Aufmerksamkeit mehr schenkte. Er warf einen raschen Blick auf seine Armbanduhr. Halb acht. Eigentlich könnte er Jeffrey doch gleich anrufen, um mit ihm die genaue Zeit auszumachen. Ob sein Freund noch schlafen würde? Egal! Kurzerhand zog Peter sein Handy hervor und drückte im Telefonspeicher auf Jeffreys Nummer. Doch zu seiner Enttäuschung meldete sich niemand. Nicht mal die Mailbox ging an. Peter blieb beharrlich und ließ es weiter klingeln.

Mit einem Mal verstummte das wütende Gekrächze der Krähen. Peter blickte verwundert auf. Auch das Gezwitscher der anderen Vögel war urplötzlich nicht mehr zu hören. Eine beklemmende Stille machte sich im Park breit. Als hätte jemand einen Aus-Schalter gedrückt. Peter vernahm nur noch das

Freizeichen aus dem Handy und den entfernten Autoverkehr außerhalb des Parks.

Im nächsten Moment flatterten wie auf ein lautloses Kommando Dutzende von Krähen aus der Korkeiche und schossen mit markerschütterndem Gekrächze im Sturzflug hinter die angrenzenden Hibiskusbüsche. Dann ertönten von dort die gellenden Schreie eines Mannes.

»Ahhhhh! Neiiiiiin, nicht! Weg! Verschwindet! Lasst mich! Hilfe! Hiiiiiiilfe!«

Das laute Krächzen und die Schreie des offenbar hilflosen Mannes vermischten sich zu einer Geräuschkulisse, wie sie Peter bisher nur aus den übelsten Horrorfilmen kannte. Sein Herzschlag beschleunigte sich.

»Hiiiiiiilfe! Sie bringen mich um! Zu Hilfe!«

Peter durfte keine Zeit verlieren. Ohne zu zögern, setzte er sich in Bewegung und rannte im Höllentempo auf die Büsche zu. Als er sie umrundet hatte, bot sich ihm ein entsetzlicher Anblick: Vor ihm auf dem Rasen, auf dem Bauch, lag ein Mann mit schlohweißem Haarkranz und zappelte panisch mit den Armen und Beinen. Dutzende von Krähen tummelten sich auf seinem Körper, flatterten aufgebracht mit den Flügeln, hackten mit ihren spitzen Schnäbeln auf ihn ein und krächzten dabei unaufhörlich.

»Weg mit euch! Ihr elenden Bestien!«, schrie der Mann wie von Sinnen. Er schlug immer wilder um sich, was die Vögel aber nicht davon abhielt, ihr grausames Treiben fortzuführen. »Ihr bringt mich noch um!«

Peter verlor keine Zeit. In Windeseile entledigte er sich seiner Joggingjacke und schleuderte sie in einer rotierenden Bewegung über seinem Kopf. Mit stampfenden Schritten eilte er auf den Mann zu, erhöhte noch die Schleudergeschwindigkeit und schrie mit sich überschlagender Stimme: »Seid ihr wahnsinnig geworden? Abflug! Und zwar dalli! Lasst ihn in Ruhe!« Wieder und wieder stampfte Peter auf den Boden und rückte mit seiner kreisenden Jacke den Angreifern so dicht aufs Gefieder, bis diese mit wütendem Gekrächze von ihrem Opfer abließen und in alle Himmelsrichtungen davonflatterten.

Es dauerte einige Sekunden, bis der Mann begriff, dass sein Retter die Vögel erfolgreich in die Flucht geschlagen hatte. Schwer atmend kam er auf die Beine und hob erschöpft den Kopf.

»Um Himmels willen, Sie bluten ja!«

Spitze Schnäbel

»Bluten? Ich?« Der Mann betrachtete irritiert seine Hände. »Wo denn?«

Peter trat einen Schritt näher. »Auf der Stirn.«

»Verdammt! Ist es schlimm?«

Peter schüttelte den Kopf. »Soweit ich es beurteilen kann, nicht sehr. Es sieht nach einer kleinen Platzwunde aus. Aber Sie sollten die Stirn abtupfen, damit Ihnen das Blut nicht in die Augen läuft. Haben Sie ein Taschentuch dabei?«

»Ich … äh … glaube schon.« Fahrig griff der Mann in die Innentasche seines Jacketts und kramte umständlich darin herum. Seine Miene erhellte sich. »Was für ein Glück!« Er zog ein frisches Päckchen Papiertaschentücher hervor und versuchte mit zitternden Händen, es zu öffnen.

Peter streckte seine Hand aus. »Geben Sie her. Ich mach das.«

»Das ist nett«, entgegnete der Mann und ließ sich dankbar von Peter verarzten.

Während der Prozedur betrachtete Peter ihn etwas genauer: Der Mann mochte etwa Mitte fünfzig sein. Er trug einen weißen Leinenanzug und dazu knallrote Halbschuhe, die in der Morgensonne wie frisch poliert glänzten. Offensichtlich legte er großen Wert auf ein gepflegtes Aussehen.

»Diese verfluchten Krähen«, schimpfte er erbost, nachdem Peter ihm die Stirn abgetupft hatte. »Da unternimmt man nichtsahnend einen friedlichen Rundgang durch den Park und wird einfach so von angriffslustigen Vögeln attackiert! Diese Viecher haben mit ihren spitzen Schnäbeln wie wild auf mich eingehackt! Wenn du meine Hilferufe nicht gehört hättest, wer weiß, was dann geschehen wäre …«

»Sie sind ja noch einmal glimpflich davongekommen«, sprach Peter ihm Trost zu. »Aber um wirklich sicherzugehen, sollten Sie die Wunde besser noch einmal von einem Arzt begutachten lassen. Wer weiß, ob diese schwarzen Flattermänner nicht die Tollwut haben.«

»Die Tollwut?« Der Mann schüttelte entschieden den Kopf. »Soweit ich weiß, ist diese Seuche in unseren Breitengraden quasi ausgerottet. Aber der Schreck steckt mir trotzdem gehörig in den Knochen.«

»Kommen Sie denn jetzt allein klar oder benötigen Sie noch Hilfe?« Peter hob seine Jacke auf, die er auf den Boden hatte fallen lassen, nachdem die Krähen abgezogen waren.

»Peter? Bist du das? Brauchst du Hilfe? Was ist denn bei dir los?«, ertönte plötzlich wie aus dem Nichts eine blecherne Stimme. »Das klingt ja nach reinstem Action-Kino!«

Peter zuckte überrascht zusammen. Die Stimme kam ihm sehr vertraut vor. Doch es vergingen einige Sekunden, bis er schaltete. Sein Handy. Damit hatte er vorhin bei Jeffrey angerufen. Der war nicht rangegangen, doch Peter hatte es weiter klingeln lassen … Dann hatte er die Hilfeschreie gehört, war losgerannt, um dem Mann zu Hilfe zu eilen. Während des Laufens hatte er das Handy in die Jackentasche geschoben – zum Glück war es beim Herumschleudern nicht herausgefallen! Und nun erklang daraus die Stimme seines Freundes. Rasch zog Peter das Handy hervor und presste es ans Ohr. »Mensch, Jeffrey, jetzt hast du dich ja doch noch gemeldet! Ich dachte, du würdest noch schlafen.«

»Hab ich auch, du Witzbold! Das Klingeln hat mich geweckt und dann hab ich diese horrormäßigen Schreie gehört. Was war denn da los?«

Peter wollte gerade antworten, als der Mann einen Schritt auf ihn zutrat und leise raunte: »Telefoniere ruhig weiter. Ich bin wieder okay und muss jetzt los zur Arbeit. Tausend Dank noch mal für deine Hilfe.«

Peter hielt irritiert inne. »Einen Moment, Jeffrey. Ich muss mich nur kurz verabschieden.«

»Nicht nötig«, winkte der Mann gelassen ab. Er lächelte Peter noch einmal freundlich zu, machte auf dem Absatz kehrt und eilte mit schnellen Schritten davon.

»Okay, da bin ich wieder«, setzte Peter das Telefonat fort, während er dem Mann nachblickte. Der bog an der nächsten Weggabelung ab und verschwand hinter einem kleinen Wäldchen.

»Du machst es ja wirklich spannend. Ich verlange jetzt zumindest einen Kurzbericht«, forderte Jeffrey.

»Den sollst du haben. Also, hör zu –« Weiter kam Peter nicht. Etwas anderes hatte seine Aufmerksamkeit geweckt: Vor ihm, keine zwei Meter entfernt, lag auf der Rasenfläche eine abgewetzte Brieftasche aus braunem Wildleder. »Warte doch noch mal kurz, Jeffrey.« Er ließ das Handy sinken, ging auf den Fund zu und nahm ihn interessiert an sich. Die Brieftasche war recht leicht. Er klappte sie auf und inspizierte den Inhalt. Kein Bargeld, keine Bankkarten. Auch sonst nichts, womit sich der Besitzer identifizieren ließ. Die Fächer waren allesamt leer. Enttäuscht klappte Peter die Brieftasche wieder zu, wobei seine Finger auf der Rückseite einen schmalen Reißverschluss ertasteten. Er zog am Zipp und lugte in die schmale Tasche. Darin befand sich eine Karte mit einem quadratischen Lichtbild. *Stadtbibliothek Malibu*, stand darüber in Großbuchstaben. Rasch zog Peter den Ausweis heraus und erkannte den Mann, den er eben vor den Krähen gerettet hatte, auf dem Foto sofort wieder. Ohne zu zögern, setzte Peter sich in Bewegung. Wenn er einen Zahn zulegte, würde er den Mann sicher noch einholen. Ganz wohl war ihm bei der Aktion jedoch nicht. Er hatte nicht das geringste Interesse daran, bei seinem Spurt durch den Park die Krähen nun ebenfalls aufzuscheuchen, aber daran durfte er jetzt nicht denken.

Als Peter die Weggabelung erreicht hatte, an der der Mann vorhin abgebogen war, blieb er abrupt stehen und begann für einen kurzen Moment an seinem Verstand zu zweifeln. Der breite Weg mündete, ohne eine weitere Biegung zu machen, nach zweihundert Metern in einen Parkausgang. Doch nirgends war jemand zu sehen. Selbst im Sprinttempo wäre es unmöglich gewesen, den Ausgang in so kurzer Zeit zu erreichen.

Wohin war der Mann verschwunden?

Peter formte die Hände zu einem Trichter und rief ins Nichts: »Hallo, Sir! Wo sind Sie denn? Hallo! Ich habe Ihre Brieftasche gefunden.«

Er lauschte in die Stille ... Keine Antwort. Na, dann musste er dem Mann den Ausweis anderweitig zukommen lassen. Peter hob das Handy erneut an sein Ohr. »So, da bin ich wieder«, sprach er ins Mikrofon. »Du wirst es kaum glauben, was hier vorhin los war.« Doch aus dem Lautsprecher erfolgte keine Reaktion. Als Peter auf den Handybildschirm blickte, wusste er auch, warum: Jeffrey hatte in der Zwischenzeit aufgelegt.

Das Büro der drei ??? – ihre sogenannte Zentrale – befand sich in einem alten Campingwagen. Versteckt unter einem riesigen Haufen Gerümpel stand dieser auf dem Schrottplatz des Gebrauchtwarencenters T. Jonas, das Justus' Onkel Titus und seine Tante Mathilda betrieben. Dieser Wohnwagen beherbergte alles, was für die Ermittlungen des erfolgreichen Trios von Nutzen war: vom Telefon und Computer über gemütliche Sessel und einen Kühlschrank bis hin zum kompletten Aktenarchiv all ihrer bisher gelösten Fälle.

Peter saß seinen Freunden Justus und Bob gegenüber. Er hatte ihnen von dem Vorfall im Palisades Park berichtet und biss jetzt in das Brötchen, das er sich auf dem Weg als zweites Frühstück gekauft hatte. Mit vollem Mund sprach er weiter. »Die Brieftasche muss dem Mann unbemerkt aus der Tasche gefallen sein, als er das Päckchen Taschentücher daraus hervorgezogen hat, mit denen ich ihn notdürftig verarztet habe. Ich hab kurz überlegt, das Teil auf direktem Weg in der Bibliothek abzugeben, aber nach Malibu zu joggen war mir dann doch ein wenig zu weit.«

Justus, der vor dem Rechner saß, löste seine Finger von der Tastatur und wandte sich Peter zu. »Dass du uns stattdessen ein Treffen in der Zentrale vorgeschlagen hast, war die richtige Entscheidung. Ansonsten hätte ich dir nämlich schwere Vorwürfe gemacht.«

»Vorwürfe? Wieso das denn?«, wollte Bob wissen. »Was wäre denn verkehrt daran gewesen, wenn Peter die Brieftasche gleich zurückgebracht hätte?«

Auge in Auge

»Das würde mich auch interessieren.« Peter rümpfte verärgert die Nase.

Justus griff nach der Plastikkarte, die er neben der Tastatur abgelegt hatte, und hielt sie seinen Freunden mit bedeutsamer Miene entgegen. »Wenn du das getan hättest, hätte Mr Gordon Dust, auf dessen Namen dieser Ausweis ausgestellt ist, seine Brieftasche nebst ihrem Inhalt womöglich inzwischen schon wiederbekommen.«

»Ja und?«, wollte Peter wissen. »Das ist doch der Sinn der Sache.«

Justus schien sichtlich in seinem Element zu sein. »So, wie du es uns vorhin geschildert hast, hat dieser Mr Dust ziemlich schnell das Weite gesucht, nachdem du ihn aus seiner gefährlichen Notlage befreit hattest. Kommt euch das nicht seltsam vor, Kollegen?«

»Mir zumindest nicht.« Peter erhob sich vom Sessel und nahm den Bibliotheksausweis wieder an sich. »Ihr hättet diese aufgebrachten Krähen mal erleben sollen. Als sie wie verrückt auf den hilflosen Mann einhackten, war allein der *Anblick* für mich ein Horror. Ich dachte wirklich, dass sie ihn umbringen wollten. Was meint ihr, wie sich dabei erst der Mann selbst gefühlt haben muss. Kein Wunder also, dass er anschließend so schnell wegwollte.«

Justus zupfte nachdenklich an seiner Unterlippe. »In den vergangenen Jahren kam es in dieser Jahreszeit schon häufiger vor, dass Krähen Menschen durch Schnabelhiebe attackierten. Knapp ein Prozent der Brutpaare zeigt dieses Verhalten, wenn ihre Jungen das Nest verlassen. Diese sogenannten *Ästlinge* werden von den Elterntieren noch einige Zeit außerhalb des Nestes gefüttert. Junge Krähen, die sich vor allem in Parkanlagen am Boden oder in Bodennähe aufhalten und dabei ungeschickt wirken, sollten daher von Spaziergängern unbedingt gemieden werden, da die Gefahr besteht, durch Altvögel angegriffen zu werden, die ihren Nachwuchs beschützen wollen.«

»Davon habe ich auch schon gehört«, stimmte Bob Justus' Vortrag zu. »Aber mir war bisher nicht bekannt, dass sich die Vögel gleich in Scharen über einen Menschen hermachen.«

»Du sagst es«, kam Justus weiter zum Punkt seiner Erklärung. »Und daher hege ich großes Interesse daran, von Mr Dust zu erfahren, wie es seiner Meinung nach zu diesem ungewöhnlichen Massenangriff kommen konnte.«

»Das konnte er sich ebenfalls nicht erklären«, erwiderte Peter. »Mindestens genauso ungewöhnlich finde ich aber, wie der Mann so urplötzlich verschwinden konnte. Ich habe schon ernsthaft überlegt, ob es im Palisades Park einen unbekannten Fluchttunnel geben könnte.«

»Ein interessanter Gedanke, Kollege«, entgegnete Justus, während sich auf seiner Stirn eine tiefe Falte bildete. »Und auch um *dieser* Frage auf den Grund gehen zu können, ist es sehr zu unserem Nutzen, dass sich der Ausweis noch in unserem Besitz befindet. Das ermöglicht es uns nämlich, von Mr Dust persönlich Auskunft dazu zu erhalten.«

Bob horchte interessiert auf. »Aha, darum geht es dir. Und wie ich dich kenne, hast du über das Internet schon seine Adresse ausfindig machen können, stimmt's?«

»Nicht nur das«, triumphierte Justus voller Tatendrang. »Anhand des Routenplaners konnte ich auch die genaue Fahrzeit dorthin ermitteln. Wenn wir uns umgehend in deinen Käfer setzen, Bob, werden wir bereits in fünfundzwanzig Minuten vor seiner Haustür eintreffen.«

Peter war unschlüssig. »Also, ich weiß nicht … Sollten wir unseren Besuch nicht besser telefonisch ankündigen? Als dieser Mr Dust wegging, hat er mir gesagt, dass er zur Arbeit müsse. Und wenn er nicht zu Hause ist, können wir uns die lange Hin- und Rückfahrt gleich sparen.«

»Habe verstanden«, gab sich Justus geschlagen. Er griff nach dem Telefonhörer und wählte die Nummer, die er vom Computermonitor ablas. Dann betätigte er die Mithörfunktion.

Es tutete. Dreimal. Dann ertönte ein Knacken.

»Ja, hier Dust!«, dröhnte es aus dem Lautsprecher.

Peter nickte und zischte aufgeregt: »Das ist er!«

Das genügte Justus. Gelassen legte er den Hörer auf und grinste über beide Ohren.

Bob stutzte irritiert. »Was sollte das denn?«

»Ist doch klar«, übernahm Peter die Antwort. »Justus will Mr Dust keine Gelegenheit geben, sich auf unseren Besuch vorzubereiten. Stimmt doch, oder?«

Justus nickte. »Messerscharf kombiniert, Kollege. Mir kommt es auf das Überraschungsmoment an. Und das wirkt besser, wenn ich ihm Auge in Auge gegenüberstehe und unvermittelt meine Fragen stelle. Ein Gesichtsausdruck sagt dabei oft mehr als das gesprochene Wort. Schon das geringste Zucken der Augenlider kann von großer Bedeutung sein.«

»Oha«, staunte Bob überrascht. »Du scheinst ja diesem Mr Dust schon im Voraus nicht über den Weg zu trauen. Witterst du etwa wieder einen neuen Fall?«

»Zunächst bin ich lediglich daran interessiert, etwas über das Verhalten der Krähen zu erfahren und zu hören, wie er sein sonderbares Verschwinden im Palisades Park erklärt. Ich gehe erst einmal völlig vorbehaltslos an die Sache heran.«

Peter zog die Augenbrauen hoch und steckte Mr Dusts Bibliotheksausweis wieder in die Brieftasche zurück. »Ich hoffe inbrünstig, dass sich alles in Wohlgefallen auflösen wird.«

Bob schnappte sich seinen Wagenschlüssel vom Tisch. »Also dann, auf nach Malibu, Freunde!«

Malibu lag wie Rocky Beach an der Küste des Pazifischen Ozeans. Im Osten der kleinen Stadt lag der Lagoon State Beach, der besonders Peter als *Surfrider Beach* gut bekannt war. Momentan hörte man von der Stadt vor allem wegen der großen Waldbrandgefahr, vor der die Feuerwehr warnte.

Während der Fahrt zu Mr Dusts Wohnadresse berichtete Peter seinen beiden Detektivkollegen auch von seinen Telefonaten mit Jeffrey. Er hatte ihn nämlich nach dem Vorfall im Palisades Park noch einmal angerufen, um zu erklären, was los gewesen war, und sich für sein Verhalten zu entschuldigen. Jeffrey war tatsächlich ziemlich sauer gewesen. Am Ende des Telefonats hatte zwischen den beiden zwar wieder eitelster Sonnenschein geherrscht, aber Peter musste in Zukunft umsichtiger agieren, wenn er es sich nicht mit seinem Freund verscherzen wollte.

Apropos Sonnenschein, sinnierte er auf dem Rücksitz in Bobs Käfer vor sich hin, während ihm der Schweiß wie Regentropfen an einer Fensterscheibe die Stirn hinablief. »Ist deine Klimaanlage kaputt, Bob? Hier drin ist es ja so heiß wie in einem Backofen.«

»Witzbold!«, entgegnete Bob. Er betätigte den Blinker und bog in Richtung Stadtkern ab. »Die spinnt schon seit *Jahren*. Wundert mich, dass du das erst jetzt merkst.«

Peter stöhnte auf. »Na ja, ich kann mich auch nicht daran erinnern, dass es hier bei uns schon einmal sooo heiß war …«

»Und dabei hat die Sonne noch nicht mal ihren höchsten Stand erreicht.« Auch Justus schwitzte aus allen Poren. »Auf sämtlichen Kanälen wird über diese enorme Hitzewelle berichtet. Die Klimaforscher schlagen Alarm.«

»Und die Getränkeindustrie reibt sich die Hände«, kommentierte Bob trocken. Er lenkte den Käfer in eine schattige Parkbucht und schaltete den Motor aus. »Aber falls ihr es noch nicht bemerkt haben solltet: Wir sind da. Dort auf der rechten Seite in der gelben Villa wohnt Mr Dust.«

Kein neuer Fall

Die drei Detektive verließen den Wagen und verharrten einen Moment unter den Palmen, die entlang des Bürgersteigs gepflanzt waren.

Bob stieß einen leisen Pfiff aus. »Ich muss schon sagen: eine noble Gegend. Wer hier wohnt, braucht sich um Geld sicher keine Sorgen zu machen.«

Die Jungen betrachteten die Villa eingehender. Das eidottergelbe Holzhaus mit dem weißen Spitzdach bestand aus zwei Etagen. Es lag etwas höher am Hang. Von der Straße aus führte ein geschlängelter Kiesweg durch eine gepflegte Rasenfläche zu einer Verandatreppe, über die man zur Haustür gelangte. Zu beiden Seiten standen zwei mit Magnolien bepflanzte Terrakottakübel. Die Villa war vermutlich nicht die kostspieligste Immobilie in dieser Straße, bildete dadurch aber einen charmanten Gegensatz zu den teilweise weitaus protzigeren Nachbarhäusern. Auf der Auffahrt parkte ein senffarbener Buick, dessen Kennzeichen Justus sich sogleich routinemäßig einprägte.

Gerade als der Erste Detektiv losmarschieren wollte, blickte er überrascht auf. Aus der Haustür trat ein Mann auf die Veranda, eilte die Treppenstufen hinab und näherte sich den drei Jungen mit schnellen Schritten. Unter seinem Arm klemmte eine schwarze Aktentasche.

»Das ist er«, zischte Peter aufgeregt. Er winkte dem Mann freundlich zu.

Dieser stutzte zunächst, doch dann schien er Peter zu erkennen und beschleunigte seinen Gang. »Bitte sag mir, dass euer Aufkreuzen kein Zufall ist!« Mit erwartungsvollem Blick kam er vor dem Trio zum Stehen. »Bringt ihr mir etwa meine –«

»Ihre Brieftasche zurück?« Peter grinste über beide Ohren. »So ist es.« Er griff in die Gesäßtasche seiner Shorts und händigte Mr Dust sein Eigentum aus. »Und Ihr Bibliotheksausweis ist auch noch darin.«

»Da können wir wohl *alle* von Glück sprechen, dass wir Sie gerade noch angetroffen haben, Sir«, übernahm nun Justus das Wort. »Denn offenbar befinden Sie sich schon wieder im Aufbruch, oder?«

Mr Dust nickte geschäftig. »Das kannst du laut sagen. Mr Holden, der Bibliothekar, ist ein kleinkarierter Spießer.« Seine Stimme überschlug sich vor Erregung. »Wir beide kennen uns schon so lange. Trotzdem hat er mir, als ich am Schalter den Verlust meiner Brieftasche bemerkte, das Ausleihen zweier Bücher strikt verweigert.«

Insgeheim musste Bob schmunzeln. Hin und wieder hatte er bereits selbst in der Bibliothek von Rocky Beach als Aushilfe gejobbt. Er war deshalb über die strengen Ausleihbestimmungen bestens im Bilde.

»Dieser unverschämte Kerl hat partout darauf bestanden, dass er mir erst nach Vorlage eines amtlichen Dokuments einen neuen Ausweis ausstellen würde«, ließ Mr Dust seinem Ärger freien Lauf. »Aber ich hatte heute Morgen, als ich nach Rocky Beach aufbrach, meine zweite Brieftasche bewusst zu Hause liegen gelassen.«

»Ihre *zweite* Brieftasche?«, horchte Justus auf. »Wie meinen Sie das?«

»Na, die mit meinen amtlichen Papieren: Personalausweis, Kreditkarte, Führerschein und sonstigem Pipapo«, entgegnete Mr Dust und hob belehrend den Zeigefinger. »Seit mir vor Jahren mal ein gerissener Dieb im Supermarkt die Brieftasche entwendet hat, lasse ich Vorsicht walten! Es war ein nervenaufreibender Spießrutenlauf, all diese Dokumente neu zu beantragen, und ging dazu noch gehörig ins Geld. Das hat mich gelehrt, nur noch mit den Ausweisen das Haus zu verlassen, die ich für den jeweiligen Tag benötige. Deshalb die zweite Brieftasche.«

»Gar nicht so dumm«, musste Justus eingestehen.

Mr Dust verzog das Gesicht. »Im Fall mit dem Bibliothekar aber mehr als ärgerlich! Ich musste gedemütigt wieder nach Hause fahren, um ihm den geforderten Wisch vorlegen zu können.«

»Das müssen aber zwei ziemlich wichtige Bücher sein, wenn Sie deshalb so in Rage geraten«, entgegnete Justus und wagte sogleich den Schritt nach vorn. »Um welche interessanten Titel handelt es sich denn?«

Ein kurzes Zucken durchfuhr Mr Dusts Mundwinkel. Argwöhnisch blickte er Justus an. »Neugierig bist du wohl gar nicht, wie?«

»Justus liest viel«, versuchte Bob, die unangenehme Situation zu retten, und schenkte Mr Dust sein freundlichstes Lächeln. »Daher sucht er ständig das Gespräch mit Gleichgesinnten, die dieses Hobby mit ihm teilen.«

»Na ja, wenn das so ist«, lenkte Mr Dust ein. »Trotzdem kann ich dir nur so viel verraten: Es handelt sich um zwei Titel, die ich für meine wissenschaftliche Arbeit benötige. Dieses Projekt unterliegt jedoch strengster Geheimhaltung und ist für Außenstehende absolut tabu.«

Justus fuhr innerlich zusammen. Dennoch ließ er sich von seinem Gegenüber nicht so schnell abservieren und unternahm gezielt einen weiteren Vorstoß. »Für diese Antwort habe ich natürlich größtes Verständnis, Sir. Aber wo wir bei den hohen Temperaturen schon mal die Strapaze auf uns genommen haben, von Rocky Beach hierherzufahren, um Ihnen die Brieftasche zurückzubringen, erlauben Sie mir noch eine andere Frage.«

Mr Dust warf einen gehetzten Blick auf seine Armbanduhr. »Aber bitte zügig!«

Der Erste Detektiv ließ sich nicht unter Druck setzen und entgegnete gelassen: »Ihre Brieftasche hätten Sie auch schon viel eher zurückerlangen können. Peter sah sie im Gras liegen, direkt nachdem Sie sich so abrupt von ihm verabschiedet hatten. Warum die Eile?«

»Nun ja …«, rang Mr Dust verlegen nach den passenden Worten. »Das war wohl nicht ganz die feine englische Art, aber nach diesem entsetzlichen Krähenangriff wollte ich den Park nur noch auf schnellstem Wege verlassen. Raus aus der Gefahrenzone. Könnt ihr mir das verübeln?«

»Sie sind doch, genau wie wir, vermutlich auch Amerikaner, Sir?« Justus versuchte das Gespräch unmerklich in eine andere Richtung zu lenken. »Daher nehmen wir das mit der sprichwörtlichen *feinen englischen Art* nicht so genau. Wir können uns lediglich eine Sache nicht erklären.«

»Und die wäre?«

»Nachdem Peter die Brieftasche auf dem Rasen entdeckt hatte, ist er Ihnen umgehend nachgelaufen, um Ihnen Ihr Eigentum auszuhändigen. Doch Sie waren wie vom Erdboden verschwunden.«

»Und?« Mr Dusts Gesichtsausdruck wandelte sich zu einem Fragezeichen. »Ich verstehe nicht ganz, worauf du hinauswillst, Junge.«

Justus verschränkte die Arme und fixierte den Mann mit prüfendem Blick. »Sie verließen den Park über einen geraden Weg von etwa zweihundert Metern Länge. Da von Ihnen dort jedoch weit und breit nichts mehr zu sehen war, Sie aber innerhalb der kurzen Zeit den Ausgang unmöglich erreicht haben konnten, würden wir gerne wissen, wie Sie das dennoch bewerkstelligt haben.«

»Mit dieser Frage habt ihr euch tatsächlich beschäftigt?« Mr Dust musste unwillkürlich grinsen. »Na, dann denkt doch mal scharf nach, bevor ich euch eine Antwort darauf gebe. Welche Möglichkeiten kämen denn da in Betracht?«

»Ich dachte, Sie haben es eilig«, ließ Bob verlauten. »Ist nun plötzlich doch noch Zeit für eine Rätselrunde?«

»Richtig, Bob«, kommentierte Justus trocken.

»I wo!« Mr Dust schmunzelte. »Ihr nehmt es ja wirklich genau. Also: An dem Weg stand ein freier E-Scooter, den ich mir sofort geschnappt habe. Ein wahrlich großes Glück für mich.« Seine Erklärung schien er sichtlich zu genießen. »Und? Zufrieden?«

Allen drei Detektiven blieb vor Überraschung der Mund offen stehen.

»Voll und ganz, Sir«, sagte Bob. »Auf die Idee sind wir nicht gekommen. Da haben wir wohl eine lange Leitung gehabt.«

»Macht nichts. Einsicht ist der erste Schritt zur Besserung.« Dann wandte Mr Dust sich Peter zu. »Darf ich mich bei dir als Anerkennung für dein großartiges Engagement mit einem Finderlohn bedanken? Damit könntet ihr drei an diesem heißen Tag ein Eis essen gehen.« Ohne eine Antwort abzuwarten, zog er aus der Innentasche seines Jacketts einen Zwanzig-Dollar-Schein hervor und drückte ihn Peter in die Hand. »Eine Bitte hätte ich dabei noch.«

Peter war überrascht. »Und die wäre?«

»Ich will nachher einen befreundeten Journalisten der *Malibu Today* in seiner Redaktion aufsuchen. Er muss über diese gefährlichen Krähenangriffe unbedingt einen Artikel verfassen. Die Allgemeinheit muss schließlich davor gewarnt werden.«

Peter stutzte erneut. »Und was habe ich damit zu tun?«

»Na, ohne dein mutiges Eingreifen wäre ich bei dieser Attacke niemals so glimpflich davongekommen. Daher würde ich es für angemessen halten, wenn du als mein Retter in dem Bericht namentlich erwähnt wirst. Wäre das okay für dich?«

Peter nickte sichtlich geschmeichelt und nannte Mr Dust seinen vollen Namen.

»Apropos Krähen«, versuchte Justus noch sein anderes Thema anzusprechen. »Haben *Sie* vielleicht eine schlüssige Theorie, weshalb diese Vögel scharenweise über Sie hergefallen sind? Meine Freunde und ich waren nämlich bisher davon ausgegangen, dass –«

»Ich möchte ja nicht unhöflich sein«, fiel Mr Dust dem Ersten Detektiv abrupt ins Wort. »Doch wenn ich jetzt nicht schleunigst aufbreche, gerät mein ganzer Zeitplan durcheinander. Auf Wiedersehen, Jungs.« Er wandte sich ab, stieg eilig in seinen Buick und ließ den Motor an.

Nachdem der Wagen davongefahren war, atmete Peter erleichtert auf. »Na, ein Glück.«

Justus horchte irritiert auf. »Wie meinst du das, Kollege?«

»Dein anfängliches Misstrauen hat sich als vollkommen unbegründet erwiesen, Justus. Er wollte nach dem Krähenangriff nur möglichst schnell weg – und es war ganz einfach ein E-Scooter, mit dem er auf ach so *geheimnisvolle Weise* entschwinden konnte.«

Justus konnte Peters Freude nicht so recht teilen. »Und weshalb erfüllt dich das mit Erleichterung?«

»Ganz einfach: Wir haben keinen neuen Fall. Und das bedeutet, dass ich mit Jeffrey morgen ausgiebig surfen kann.«

Justus zupfte nachdenklich an seiner Unterlippe …

Krähen über Malibu

Am nächsten Morgen zeigte das Thermometer in der Zentrale der drei Detektive bereits um acht Uhr 27 Grad an und laut Wettervorhersage sollte es heute noch heißer werden als gestern. Aus diesem Grund hatten Justus und Bob beschlossen, ein paar notwendige Pflichten in ihrem Campinganhänger bis zum Vormittag erledigt zu haben. Im Spülbecken türmte sich das benutzte Geschirr, an dem die Speisereste längst angetrocknet waren, und auf dem Schreibtisch stapelten sich die von Bob verfassten Niederschriften der zuletzt gelösten Fälle, die endlich abgeheftet werden mussten.

Justus saß vor dem Computerbildschirm, während Bob zwischen Spüle und Schreibtisch hin und her blickte und sich nicht entscheiden konnte, was er zuerst machen sollte. Der kleine Tischventilator lief auf Hochtouren, sorgte jedoch kaum für Abkühlung.

»Das hat Peter mal wieder bestens hingekriegt.« Bob stöhnte genervt und schwitzte aus allen Poren. »Während wir hier wie die Blöden schuften, amüsieren er und Jeffrey sich beim Surfen. Unter Gerechtigkeit verstehe ich echt etwas anderes.«

Justus starrte weiter auf den Bildschirm. Bobs Bemerkung schien er nicht wahrgenommen zu haben.

»Wir sollten den Abwasch für ihn stehen lassen oder ihm zumindest das Einräumen in den Geschirrschrank überlassen«, schimpfte Bob weiter. »Das wäre *mein* Vorschlag.«

Justus reagierte immer noch nicht.

»Hörst du mir eigentlich zu?« Bob hob gereizt die Stimme. »Was gibt es denn da so Spannendes zu lesen? Soll ich hier jetzt etwa alles ganz allein machen? So war das nicht vereinbart.«

»Das Gleiche könnte ich auch sagen.«

Bob fuhr überrascht herum. Wie aus dem Nichts stand plötzlich Peter vor ihm. Mit bitterer Miene schloss dieser die Bodenluke, durch die er von einem Geheimgang aus die Zentrale betreten hatte.

»Was machst du denn hier?« Nun blickte auch Justus auf. »Ist das Surfen ins Wasser gefallen?«

»Du hast es erfasst.« Peter ließ sich in den Sessel plumpsen und streckte die Beine weit von sich. »Entweder wollte Jeffrey mir eine Retourkutsche verpassen oder er muss seine Oma heute Morgen tatsächlich zu einem Arztbesuch begleiten. Die Absage erfolgte vor einer halben Stunde.«

»Oh.« Bob sah seinen Freund mitleidig an. »Nach der brisanten Vorgeschichte tippe ich da auf die erste Variante.«

»Ich auch«, entgegnete Peter entnervt. »Auf alle Fälle ist meine Lust, was das Surfen betrifft, erst mal auf Eis gelegt.«

Justus grinste ihn aufmunternd an. »Du kommst wie gerufen, Zweiter. Denn das hier wird dich garantiert ein wenig von deinem Frust ablenken.« Er drehte den Monitor ein Stück zur Seite und tippte mit dem Finger auf den Bildschirm.

»Worum geht's denn da?« Peter blieb stur im Sessel kleben.

»Die neueste Online-Ausgabe der *Malibu Today*. Und wie von Mr Dust angekündigt wirst du in dem kurzen Artikel über den gestrigen Krähenangriff im Palisades Park als heldenhafter Retter namentlich erwähnt.«

Peter zeigte nicht das geringste Interesse. »Und wenn schon! Darauf kann ich mir ein Ei braten. Heiß genug dafür wäre es hier in der Zentrale ja.« Er griff nach einer Zeitschrift auf dem Boden und fächelte sich damit ein wenig Luft zu. Erfrischung brachte das jedoch kaum.

»Lies uns den Artikel doch trotzdem mal vor«, rief Bob und klopfte Peter dabei scherzhaft auf die Schulter. »So eine tolle Huldigung, und dazu noch von solch einer renommierten Zeitung wie der *Malibu Today*, wird einem schließlich nicht alle Tage zuteil.«

»Jaja, wer den Schaden hat, braucht für den Spott nicht zu sorgen«, erwiderte Peter. »Wollen wir nicht, anstatt hier wie die Brathähnchen vor uns hin zu schmoren, lieber gemeinsam etwas unternehmen? Im Wasserpark *Volcano Bay* sind erst vorgestern zwei neue gigantische Rutschen eröffnet worden, die wir unbedingt testen sollten.« Mit einem Mal war der Unmut aus seinem Gesicht verschwunden. »Das wäre bei dieser Affenhitze doch *die* Lösung!«

Aber ehe seine Freunde begeistert zustimmen konnten, unterbrach sie das durchdringende Schrillen des Telefons. Routiniert aktivierte Justus zunächst die Mithörfunktion und hob dann den Hörer an sein Ohr. »Ja, hier Justus Jonas von den drei Detektiven.«

»Oho, dann bin ich ja tatsächlich richtig verbunden«, ertönte eine tiefe, krächzende Stimme aus dem Lautsprecher. »Das bedeutet schon mal eine Sorge weniger.«

Die Jungen warfen sich irritierte Blicke zu.

»Womit kann ich Ihnen denn helfen, Sir?«, fragte Justus.

»Mitnichten *Sir*«, erfolgte prompt die Reaktion. »Mein Name lautet June. *Mrs* Goldie June.«

»Oh ... ich ... äh ...«, geriet Justus aufgrund der peinlichen Verwechslung in Verlegenheit. »Bitte verzeihen Sie mir diesen unangenehmen Fauxpas, Mrs June, ich –«

»Ist schon gut, junger Mann«, kam ihm die Anruferin charmant entgegen. »Diesen Irrtum erlebe ich tagtäglich. Zumindest am Telefon.«

Justus atmete erleichtert auf. »Und wie kann ich Ihnen weiterhelfen?«

»Die Frage müsste korrekterweise eher lauten: Wie können *wir* Ihnen weiterhelfen«, verbesserte Goldie June spitzfindig. »Denn genau genommen möchte ich die Dienste der *drei* Detektive in Anspruch nehmen und nicht nur die Ihrigen.«

Bob war der festen Überzeugung, dass Justus einem Telefonstreich aufsaß, und presste sich die Hand vor den Mund, um nicht laut loszuprusten.

»Ich verstehe«, blieb Justus dennoch gefasst. »Um was für einen Auftrag handelt es sich denn?«

»Nun ja …«, geriet die Frau ins Stocken. »Das kann und möchte ich nicht mal so eben am Telefon erklären. Die ganze Angelegenheit ist zu komplex, um sie Ihnen mit wenigen Sätzen darzulegen.«

»Und was schlagen *Sie* vor, damit es zu einer Zusammenarbeit zwischen Ihnen und … uns kommt?«

»Sie dürfen nicht ablehnen«, bat sie flehend. »Eine ehemalige Klientin von Ihnen, Agatha Agawam, hält große Stücke auf Sie und hat Sie mir wärmstens empfohlen. ›Wenn jemand dir helfen kann, dann die drei Detektive‹, hat sie gesagt. Und die Sache ist wirklich ernst.« Mrs June senkte die Stimme zu einem Flüstern. »Die Krähen drehen ihre Kreise über Malibu … Doch da sie Mr Dust sogar nun bis nach Rocky Beach nachstellen, herrscht höchste Alarmstufe.«

In Sachen Etikette

Peter lief es trotz der Rekordhitze eiskalt den Rücken hinab. »Das kann doch kein Zufall sein«, raunte er seinen Freunden entgeistert zu.

Auch Justus verschlug es für einen Moment die Sprache.

»Hallo …?«, ertönte es flüsternd aus dem Lautsprecher. »Sind Sie noch dran?«

»Wie … äh … Ja!«, hatte sich der Erste Detektiv wieder im Griff. »Meine Kollegen und ich sind nur etwas überrascht, weil sich Ihre kurze Andeutung auf eine Begebenheit bezieht, mit der wir es gerade erst gestern zu tun hatten. Darf ich mir daher die Frage erlauben, ob Ihr Anruf bei uns mit dem heute veröffentlichten Zeitungsbericht in der *Malibu Today* in Zusammenhang steht?«

»In gewisser Weise schon«, antwortete Mrs June und räusperte sich krächzend. »Doch das sollten wir zur Sicherheit nicht weiter am Telefon, sondern besser persönlich besprechen. Ich werde Ihnen auch ein Extrahonorar zahlen, wenn Sie umgehend zu mir kommen. Die Angelegenheit ist *mehr* als brisant und erlaubt keinen weiteren Aufschub.«

Justus bedachte seine Freunde mit einem fragenden Blick, worauf diese zustimmend nickten. »Meine Kollegen und ich sind einverstanden, Madam. Bitte nennen Sie uns Ihre Adresse, dann machen wir uns gleich auf den Weg.«

Rasch zog Bob sein Notizbuch mit Kugelschreiber aus der Hosentasche und spitzte die Ohren.

»Ich wohne direkt im Stadtkern von Malibu«, ließ Mrs June verlauten. »Old Pastor Lane 39. Was schätzen Sie, wann ich mit Ihrem Besuch rechnen kann?«

»Old Pastor Lane?« Peter glaubte, sich verhört zu haben. »In dieser Straße wohnt doch auch Mr Dust.«

»Ich denke, Madam«, sagte Justus, »wir werden in einer Dreiviertelstunde bei Ihnen eintreffen.«

»Perfekt! Dann werde ich in der Zwischenzeit schon mal für kühle Getränke sorgen.«

»Das hört sich sehr gut an«, rief Bob begeistert aus dem Hintergrund.

Justus war gerade im Begriff, den Hörer aufzulegen, als es aus dem Lautsprecher krächzte: »Eins noch, junger Mann.«

Verdutzt hielt er inne. »Ja, Madam?«

»Wenn Sie das nächste Mal von einer Fremden einen Anruf entgegennehmen, verlangt es die Etikette, dass Sie die Anruferin als Erstes darüber in Kenntnis setzen, dass Sie das Gespräch auf laut gestellt haben und andere Personen mithören. Dies nur als kleiner Tipp am Rande. Ansonsten freue ich mich auf Ihren Besuch.« Es knackte. Mrs June hatte das Telefonat beendet.

Perplex ließ Justus den Hörer auf die Gabel sinken.

Peter grinste. »Da brat mir doch einer einen Storch!«

»Wohl eher eine Krähe – und das im doppelten Sinne. Aber wo Mrs June recht hat, hat sie recht.« Schwungvoll erhob sich Bob vom Sessel. »Und daher sollten wir auch sofort aufbrechen, Freunde. Es sei denn, wir legen es in Sachen Etikette darauf an, sogleich eine weitere Regel zu missachten.«

»Die da lautet?«, stand Justus völlig auf dem Schlauch.

»Niemals eine neue Klientin unnötig warten lassen.« Peter zog seinen Autoschlüssel aus der Tasche, warf ihn in die Luft und fing ihn triumphierend auf. »Auf nach Malibu!«

Die Villa und der dazugehörige Garten von Mrs June machten auf die drei Detektive einen noch imposanteren Eindruck als das schon noble Anwesen von Gordon Dust, das nur ein paar Grundstücke entfernt lag.

Peter trat näher an das schmiedeeiserne Eingangstor heran und warf einen Blick durch die schmalen Gitterstäbe. Das Highlight des dreigeschossigen Prachtbaus aus rosafarbenem Klinker war zweifelsohne der in der Mitte majestätisch in die Höhe ragende Rundturm mit Spitzdach. Peter fühlte sich sogleich an das Märchenschloss in *Disneyland* erinnert, während Bob mit großem Staunen seine Aufmerksamkeit dem üppig mit seltenen Blumen, Gewächsen und Kakteen bepflanzten Garten, den man beinahe schon als Park bezeichnen konnte, widmete. Hier war bis ins kleinste Detail nichts dem Zufall überlassen: Die Anordnung der farblich aufeinander abgestimmten Blüten bildete mit der schlossähnlichen Villa ein absolut beeindruckendes Gesamtbild.

»Und hier soll diese Frau, bei deren Stimme ich vorhin sofort an eine Nebelkrähe denken musste, tatsächlich wohnen?«, katapultierte Peter seinen Freund wieder zurück in die Realität. »Ich hatte eher ein düsteres, windschiefes Hexenhaus erwartet. Seid ihr sicher, dass wir hier richtig sind?«

Bob verdrehte demonstrativ die Augen. »Ein düsteres, windschiefes Haus in dieser noblen Gegend? Das hast du doch wohl nicht ernst gemeint?«

»Das war ein Witz, Bob«, fühlte sich Peter zu einer Erklärung genötigt.

Justus nickte gnädig. »Vielleicht nicht besonders geistreich, aber in Anbetracht des noch ungeklärten Zusammenhangs, der zwischen Mr Dust und unserer neuen Auftraggeberin zu bestehen scheint, durchaus passend. Allerdings dürfen wir nicht außer Acht lassen, dass zwischen Schein und Sein bekanntlich Welten liegen können, wie wir bei den Ermittlungen unserer vergangenen Fälle oft erfahren durften. Daher schlage ich vor, nun keine unnötige Zeit mit Spekulationen zu vergeuden, sondern schleunigst herausfinden, was es mit Mrs Junes kryptischen Äußerungen auf sich hat.«

Rechts vom Tor befand sich die Klingelanlage, versehen mit einem glänzenden Messingschild, auf dem der Name *G. June* eingraviert war. Beherzt drückte Justus auf den Knopf und wartete ungeduldig auf eine Reaktion. Doch die Sekunden verstrichen, ohne dass sich etwas tat.

»Ist ja merkwürdig«, kamen Bob erneut Zweifel, ob es sich bei dem Anruf in der Zentrale nicht vielleicht doch um einen Telefonstreich gehandelt hatte. Aber gerade als er diese Vermutung aussprechen wollte, ertönte aus der Gegensprechanlage ein leises Knacken.

»Ja bitte?« Das dunkle Krächzen der Lautsprecherstimme war unverkennbar.

»Wir sind es, Mrs June«, antwortete Justus und blickte dabei auf ein in die Gegensprechanlage integriertes schwarz verspiegeltes Plexiglasschild. Dahinter verbarg sich vermutlich das Objektiv einer Kamera. »Die drei Detektive.«

»Oho …«, entwich es Mrs June überrascht. »Du siehst jünger aus, als ich erwartet habe. Da hätte ich mir die förmliche Anrede vorhin am Telefon wohl besser verkneifen sollen.«

Peter schnappte entgeistert nach Luft. »Wir können auch sofort wieder gehen, wenn wir Ihren optischen Erwartungen nicht entsprechen, Madam.«

»Nun mal nicht gleich so empfindlich«, entgegnete Mrs June in einem sanfteren Tonfall. »Und wenn ich's mir genauer überlege, könnte eure jugendliche Erscheinung sogar von Vorteil sein. Jetzt kommt erst mal rein. Alles andere wird sich zeigen.«

Das Tor glitt mit einem leisen Summen zur Seite und gewährte den Jungen Einlass.

Andächtig durchschritten sie den Garten. Die Haustür war bereits geöffnet, doch von Mrs June war nirgends etwas zu sehen. Die drei ??? gingen näher, hielten aber aus Höflichkeit vor dem Eintritt inne und warfen zunächst nur einen neugierigen Blick ins Innere des Hauses. Der Boden der großen Eingangshalle war mit goldschraffierten Marmorfliesen ausgelegt. Passend dazu zierte die Wände eine ockerfarbene Tapete mit goldenen Vogelmotiven, während die Vorhänge der deckenhohen Fenster in einem schlichten Schwarz gehalten waren. In der hinteren rechten Ecke wachte eine tischhohe, goldene Buddha-Statue. Ansonsten befand sich in der Halle kein weiteres Möbel- oder Einrichtungsstück.

»Mrs June?«, rief Justus verwundert. »Dürfen wir eintreten?«

Nichts. Auch nach weiterem Rufen erschien niemand in der Halle.

»Wie kann das angehen, Justus?«, fragte Bob leise. »Mrs June hat doch eben erst –«

»Still, Kollegen!« Justus hob abrupt seine Hand und deutete zur angelehnten Tür am gegenüberliegenden Ende des Raumes. Durch den schmalen Spalt hatte er die kurze Bewegung eines Schattens wahrgenommen.

»Damit bin ich keineswegs einverstanden!«, ertönte es plötzlich hinter der Tür. »Wir hatten eine andere Vereinbarung getroffen. Das verletzt mich zutiefst. Wie können Sie mir das nur antun? Gerade jetzt, wo das Projekt in die heiße Phase geht.« Die Stimme gehörte unverkennbar Mrs June. »Wie meinen Sie das?«, hinterfragte sie argwöhnisch nach einer kurzen Pause, während sich der Schatten hinter der Tür unruhig hin und her bewegte.

Vogelkunde

»Also schön«, willigte Mrs June schließlich offenbar ein. »Aber aufgrund der von Ihnen geschilderten Gefahrenlage möchte ich das persönlich erörtern, nicht am Telefon. So viel Anstand darf ich ja wohl erwarten. Ich bin sehr enttäuscht. Und dies war nicht mein letztes Wort!«

Ein lautes Klacken signalisierte den drei Detektiven, dass Mrs June aufgelegt hatte und das Gespräch beendet war.

Gleich darauf schwang die Tür zur Seite. Eine ältere Dame betrat die Vorhalle und steuerte mit verärgerter Miene auf die drei Detektive zu. »Oje, was steht ihr denn da herum, anstatt hereinzukommen? Ich hatte euch doch schon die Tür geöffnet!«

Justus erwiderte Mrs Junes Begrüßung mit einem galanten Lächeln. »Normalerweise sind wir nicht so zurückhaltend, Madam, aber nachdem Sie uns vorhin am Telefon so unmissverständlich auf die Regeln der Etikette hingewiesen haben, war die Hemmschwelle höher als die Türschwelle, die wir ohne Ihre ausdrückliche Genehmigung nicht übertreten wollten.«

Auf diese Erklärung reagierte Mrs June äußerst überrascht. Ein kurzes Zucken durchfuhr ihr Gesicht und gab dann große Achtung zu erkennen. »Deine Ausdrucksfähigkeit imponiert mir, junger Mann! Doch jetzt tretet endlich ein, bevor es hier drinnen genauso heiß wird wie draußen. Die Klimaanlage läuft nämlich bereits auf Hochtouren.«

Mrs June durchquerte die Vorhalle und führte die Jungen in den Raum, in dem sie sich zuvor aufgehalten hatte. Auch hier war der Boden mit edelstem Marmor ausgelegt. Opulente Ölgemälde mit Darstellungen seltener Vogelarten zierten die weißen Wände und verliehen dem Raum eine Aura von Ruhe und Entspannung.

Die ältere Dame wies zu einem schwarzen Ledersofa hinter einem gläsernen Couchtisch, auf dem eine gefüllte Kristallkaraffe und vier Gläser bereitgestellt waren. »Macht es euch bequem, Jungs. Und dann bin ich gespannt, wie euer Urteil zu meinem selbst gemachten Eistee ausfällt.«

Das ließen sich die drei Detektive nicht zweimal sagen. Nach der Autofahrt und wegen der unerträglichen Hitze waren ihre Gaumen wie ausgetrocknet und lechzten nach einer Erfrischung.

Nachdem sie Platz genommen hatten, legte Mrs June die Hand ans Kinn und fixierte ihre Gäste nacheinander mit durchdringendem Blick. »Wer aus eurem Team ist denn der Kavalier und macht den Mundschenk?«

Bob reagierte am schnellsten. Streng darauf achtend, beim Befüllen der Gläser keinen Tropfen zu verschütten, meisterte er diese Aufgabe mit Bravour und reichte zuerst Mrs June zuvorkommend das Erfrischungsgetränk, dann seinen Freunden.

Justus nutzte die Gelegenheit, die Dame etwas eingehender zu betrachten. Mrs June mochte Anfang siebzig sein. Für ihr Alter hatte sie noch auffallend volles und dichtes Haar. Allerdings war der tiefschwarze Farbton, der zu ihrem türkisfarbenen Sommerkleid einen reizvollen Kontrast bildete, vermutlich gefärbt. Ihre stahlblauen Augen und die feinen Gesichtszüge vermittelten den Eindruck von Wachsamkeit, Neugierde und Lebensfreude, jedoch auch einer gewissen Art von Unsicherheit, weshalb es Justus schwerfiel, ihr Wesen konkret einzuschätzen.

»Jetzt, wo ihr mir so gegenübersitzt«, unterbrach Mrs June seine Gedanken, »bin ich mir sicher, die richtige Entscheidung getroffen zu haben. Ihr macht einen gescheiten und vertrauenswürdigen Eindruck auf mich. Hiermit beauftrage ich euch, den Fall zu übernehmen.«

»Einen Moment bitte« zögerte Peter und stellte sein leeres Glas auf dem Tisch ab. »Sie haben uns noch gar nicht berichtet, worum es sich bei dem Fall handelt. Üblicherweise stimmen wir einem Auftrag erst zu, *nachdem* uns die Fakten geschildert wurden, und nicht *vorher*.«

»Ihr werdet den Fall nicht ablehnen«, war sich Mrs June ihrer Sache sehr sicher. »Dafür ist er viel zu spektakulär und einzigartig.«

»Das klingt schon mal äußerst vielversprechend«, erwiderte Justus. »Bitte berichten Sie.«

Mrs June schlug die Beine übereinander und atmete tief durch. »Schon im Kindesalter habe ich mich für die Malerei interessiert und mich deshalb als junge Frau für ein Kunststudium entschieden. Dadurch konnte ich mein Talent entwickeln und ausbauen, wovon ihr euch gern ein eigenes Urteil bilden könnt.« Stolz wies sie zu den Ölgemälden, die ringsum im Raum an den Wänden hingen. »Gefallen Sie euch?«

Bob blieb überrascht der Mund offen stehen. »Die sind mir vorhin als Erstes aufgefallen, Madam. Die haben tatsächlich Sie gemalt?«

Mrs June nickte. »Es ist nur eine kleine Auswahl dessen, was ich im Laufe meines Lebens auf die Leinwand gezaubert habe, aber ihr könnt wohl unschwer erkennen, worauf mein Fokus gerichtet ist.«

»Vögel«, entgegnete Peter beeindruckt und betrachtete die Bilder nun eingehender. »Ihre Werke gefallen mir. Die Vögel sehen richtig plastisch aus.«

»Diesem Urteil kann ich mich nur anschließen«, lobte auch Justus die Gemälde.

Ein dankbares Lächeln erschien auf Mrs Junes Gesicht. »Auch neben der Malerei konnte ich mich schon immer für unsere gefiederten Freunde begeistern. Sie üben auf mich eine große Faszination aus. Allein die Vorstellung, einfach die Flügel auszubreiten und damit in die Lüfte zu steigen, kommt mir wie ein Wunder vor. Dann die herrlichen Gesänge, mit denen wir allmorgendlich geweckt werden! Sie sind bis heute eine Offenbarung für mich. Und dabei interessierte es mich immer schon brennend, was sich die Vögel untereinander mit ihrem Gezwitscher so alles mitteilen.«

Bob horchte irritiert auf. Erlaubte sich die Dame womöglich *doch* einen Scherz mit ihnen?

»Sieh mich nicht so an, als hätte ich den Verstand verloren«, schien Mrs June seinen skeptischen Gesichtsausdruck durchschaut zu haben. »Oder zählst du etwa auch zu den Personen, die sich einbilden, nur wir Menschen könnten miteinander kommunizieren?«

»Oh nein … ich … äh …«, entgegnete Bob verlegen. »Ehrlich gesagt, habe ich mir über dieses Thema bisher noch keine allzu großen Gedanken gemacht. Erzählen Sie bitte weiter.«

Mrs June nickte wohlwollend. »Im Grunde bin ich ein Freund von allen Tieren. Es zerreißt mir schier das Herz, wenn man bedenkt, wie ignorant sich die meisten Menschen gegenüber allen anderen Gattungen verhalten. Ich werde ja bereits wütend, wenn Hundehalter, die von sich behaupten, ihr Haustier innig zu lieben, sich schon beim harmlosesten Bellen aufregen und den Tieren somit das Recht auf ein ganz natürliches Mitteilungsbedürfnis absprechen. ›Still jetzt! Mach Platz, gib endlich Ruhe! Willst du wohl brav sein!‹ Man stelle sich mal den umgekehrten Fall vor, wenn uns die Tiere auf die gleiche Weise ständig über den Mund fahren würden. Eine unerträgliche Vorstellung, findet ihr nicht?«

»Jetzt, wo Sie uns das so plastisch vor Augen führen, kann ich Ihnen nur zustimmen, Madam«, entgegnete Justus ungeduldig. »Doch worauf wollen Sie mit Ihren Erläuterungen hinaus? In welcher Angelegenheit benötigen Sie denn unsere Hilfe?«

Mrs June bedachte ihre Gäste mit einem strengen Blick. »Selbst wenn ihr den Auftrag ablehnen solltet, baue ich auf eure absolute Diskretion. Kann ich mich darauf verlassen?«

»Verschwiegenheit ist unser oberstes Gebot«, hob Justus die Hand zum Schwur. »Selbst Inspektor Cotta vom Police Department Rocky Beach hält große Stücke auf uns und hat unser Detektivunternehmen schon des Öfteren zurate gezogen. Ich hoffe, dieses Gütesiegel kann Sie überzeugen.«

»Euer Wort reicht mir vollkommen.« Mrs June erhob sich graziös aus dem Sessel, wischte sich eine Haarsträhne aus der Stirn und trat näher an die Jungen heran. »Ich bin mit meinen Kunstwerken natürlich nie zur Elite aufgestiegen, aber dennoch wurden und werden meine Bilder hin und wieder in einigen Galerien ausgestellt. Bei den Vernissagen komme ich dann – neben kurzen Erläuterungen zu meiner Maltechnik – auch auf meine große Vogelleidenschaft zu sprechen und mache gern auf einen großen Missstand aufmerksam. Thematisch geht es dabei um den Erhalt vieler Vogelarten, die aufgrund zunehmender Umweltveränderungen wie dem Klimawandel, Waldrodungen und der steigenden Verbreitung von Chemieabfällen ihres natürlichen Lebensraums beraubt werden und daher vom Aussterben bedroht sind.«

Peter begann, unruhig auf der Couch hin und her zu rutschen. »Vorhin am Telefon, Madam, haben Sie etwas von Krähen erwähnt, die ihre Kreise über Malibu ziehen und

Mr Dust nachstellen würden. Von diesem Vorfall haben Sie heute in der *Malibu Today* gelesen, richtig?«

Mrs June nickte. »So ist es. Das heißt, nicht ganz richtig. Er wurde mir vorgelesen, heute Morgen am Telefon von meiner Freundin Agatha. Als sie zu der Stelle kam, in der ein junger Mann namens ›Peter Shaw aus Rocky Beach‹ erwähnt wird, wurde sie ganz aufgeregt und meinte, sich an diesen Namen noch sehr gut erinnern zu können.«

»Das bin ich«, klärte Peter die Dame kurz auf.

»Gut zu wissen«, entgegnete Mrs June lebhaft. »Von Agatha erfuhr ich dann, dass du und deine beiden Freunde sehr erfolgreich als Detektive tätig seid. Sie gab mir eure Telefonnummer – und nun seid ihr hier.« Sie senkte ihre Stimme zu einem Flüstern, als befürchtete sie, belauscht zu werden. »Diesem seltsamen Vorfall im Palisades Park haftet schon etwas Unheimliches an. Und hinter der ganzen Geschichte könnte eine Sache stecken, die die Zukunft der gesamten Menschheit komplett auf den Kopf stellen wird.«

»Die Zukunft der gesamten Menschheit?« Bob war sich noch immer nicht sicher, inwiefern man Mrs Junes Worten Glauben schenken sollte. »Wie meinen Sie das?«

»Es war bei einer Jubiläumsveranstaltung im *Bird Forest Institute* in Los Angeles, einem Forschungsinstitut für Ornithologie. Dort wurde mir die Ehre zuteil, einige meiner Werke ausstellen und über meine Faszination für Vögel sprechen zu dürfen. Im Anschluss, bei einem Umtrunk mit Snacks und Tafelwasser, kam es zwischen mir und einem äußerst sympathischen Herrn zu einer Begegnung, die ich im Nachhinein schon nahezu als eine Fügung des Schicksals bezeichnen würde.«

Oje, schwante Bob Schlimmes. Wenn sie ihnen jetzt erzählte, dass sie sich unsterblich verliebt hatte, könnten sie ohne Fall direkt nach Rocky Beach zurückfahren.

»Ich war gerade dabei, mich von einigen Personen zu verabschieden«, fuhr Mrs June unterdessen fort, »als er plötzlich an mich herantrat und mir ein großes Lob für meine Kunstwerke aussprach. Dann bat er mich um eine kurze Unterredung unter vier Augen, woraufhin ich ihm vorschlug, mich doch zum Parkplatz zu begleiten, um mir auf dem Weg dorthin sein Anliegen zu schildern.« Sie hielt kurz in ihrer Erzählung inne und goss allen ein weiteres Glas Eistee ein.

»Was hatte der Mann denn auf dem Herzen?«, erkundigte sich Justus wissbegierig.

»Zunächst klärte er mich darüber auf, dass die Ornithologie schon immer seine größte Leidenschaft gewesen sei und er sich mit der Frage beschäftige, was und wie die Vögel, insbesondere die Krähen, untereinander kommunizieren würden. Das begeisterte mich natürlich. Er schlug mir daraufhin ein Treffen in seinem Forschungslabor vor, wo ich mir ein eigenes Bild davon machen könne, was seine bisherigen Testergebnisse bereits hervorgebracht hätten. Ihr könnt euch sicher denken, dass ich *mehr* als neugierig war und deshalb gleich mit ihm für den nächsten Tag einen Termin vereinbart habe.«

»Und dann?« Justus wurde langsam ungeduldig.

»Als ich in dem ›Forschungslabor‹, wie er seine Arbeitsstätte im Vorfeld großspurig bezeichnet hatte, am nächsten Vormittag eintraf, erhielt meine hohe Erwartungshaltung zunächst mal einen heftigen Dämpfer. Ich hatte keineswegs den Eindruck, dass hier, im herkömmlichen Sinne, ein ambitionierter Ornithologe ernsthaft seine Studien betreiben würde. In dem kleinen Raum befanden sich, neben einigen Möbelstücken, lediglich zwei Hochleistungsrechner, drei Monitore sowie ein paar Kameras und Mikrofone. Sonst nichts. Keine Bücherregale, keine Vogelvolieren im Garten und auch sonst nichts, was darauf schließen ließ, dass hier wissenschaftlich gearbeitet würde. Mein erster Impuls war, gleich wieder zu gehen, da ich plötzlich den Eindruck hatte, dass der Mann und ich am Vortag völlig aneinander vorbeigeredet hatten.« Sie begann nervös mit den Fingern zu spielen. »Meine Verunsicherung stand mir vermutlich deutlich ins Gesicht geschrieben, denn bevor ich überhaupt etwas sagen konnte, kam er mir zuvor und deutete zu einem der Monitore, auf dem eine auf- und absteigende Kurvenlinie von rechts nach links vorbeilief – ähnlich wie auf einem Bildschirm, der während einer Operation die Herzfrequenzen anzeigt –, und meinte: ›Lassen Sie mich Ihnen demonstrieren, welchem sagenhaften Phänomen ich mit der Unterstützung eines eng befreundeten Computer-Spezialisten auf die Spur gekommen bin.‹« Mrs June machte erneut eine kurze Kunstpause.

Justus beschloss, die Sache selbst ein wenig zu beschleunigen. »Gehe ich recht in der Annahme, dass es sich bei dem besagten Forscher um Ihren Nachbarn Gordon Dust handelt?«

Mrs Junes Augen blitzten überrascht auf. »So ist es. Und ich ziehe meinen Hut vor solch raschem Kombinationsvermögen. Doch solange ihr euch nicht entschieden habt, diesen Fall anzunehmen, hielt ich es für ratsam, seinen Namen vorerst aus dem Spiel zu lassen. Aus Gründen der Diskretion, was ihr als Profis sicher nachvollziehen könnt.«

»Voll und ganz«, bekräftigte Justus selbstbewusst. »Und aus diesem Grund brennt mir gleich die nächste wichtige Frage unter den Nägeln, die Sie uns aber mit Sicherheit leicht beantworten können.«

»Und die wäre?«

Kalter Schauer

»Vorhin haben Sie erwähnt, dass Sie ebenjenen Gordon Dust nie zuvor gesehen hatten.«

»Ja … äh … das ist richtig.« Mrs June blickte Justus fragend an. »Stört dich was daran?«

»Es ist eher eine Irritation. Mr Dust wohnt doch in Ihrer unmittelbaren Nachbarschaft. Wie kann es daher angehen, dass Ihnen seine Erscheinung vor der besagten Veranstaltung vollkommen unbekannt war?«

»Wenn ich's euch doch sage«, beharrte sie. »Ihr habt ja sicher schon mal was von der Existenz des Ozonlochs gehört, was durch die verstärkte Sonneneinstrahlung nicht nur unserer Gesundheit schadet, sondern auch unsere Haut schneller altern lässt. Daher verlasse ich das Haus während der Hitzeperioden tagsüber recht selten, was ihr meinem frischen Teint ja hoffentlich anseht. Aus diesem Grund laufe ich hier meinen Nachbarn nur recht selten über den Weg. Ist deine Frage somit zufriedenstellend beantwortet?«

»Bestimmt, Madam«, kam Peter Justus zuvor, bevor dieser Mrs June noch mit weiteren Wortklaubereien davon abhielt, endlich zum Kern ihrer Schilderung zu kommen. »Was hat Ihnen Mr Dust in seinem Forschungslabor denn nun so Weltbewegendes präsentiert?«

Mrs June atmete tief ein. Dann platzte es aus ihr heraus: »Mithilfe seines selbst entwickelten Software-Programms ist er sich sicher, den Verständigungscode der Krähen entschlüsseln zu können. Und soweit ich es beurteilen kann, stellen die bisherigen Resultate seiner Arbeit alles in den Schatten, was andere Forschungsinstitute zu diesem Thema herausgefunden haben.«

»Können Sie uns das näher erläutern?«

Mrs June zögerte kurz. »Nicht jetzt. Zunächst solltet ihr wissen, dass ich von Mr Dusts atemberaubenden Ergebnissen so ergriffen war, dass ich mich sofort dazu bereit erklärte, ihn nicht nur moralisch, sondern auch mit finanziellen Mitteln zu unterstützen, falls es dem zügigen Voranschreiten seiner Forschungen nützen würde.«

»Lassen Sie mich raten«, konnte Peter nicht an sich halten. »Dieses großzügige Angebot hat er sicher begeistert angenommen, oder?«

»Nein, nein«, winkte sie beschwichtigend ab. »Jegliche finanzielle Hilfe lehnte er kategorisch ab. Stattdessen unterbreitete er mir aufgrund meines äußerst inspirierenden Vortrags und meines großen Interesses an der Kommunikation unter den Vögeln den Vorschlag, mich seinem Projekt ›Cawing

Crows‹ anzuschließen und sozusagen ›beratend‹ mitzuwirken. Er hatte durchaus bemerkt, dass ich mir im Laufe der Jahre in Sachen ›Vogelkommunikation‹ ebenfalls ein kleines, feines Fachwissen angeeignet habe. Zwar kein professionelles, aber immerhin.«

Justus zupfte nachdenklich an seiner Unterlippe. »Ich muss zugeben, dass die ganze Geschichte für mich bisher recht außergewöhnlich klingt. Jedoch wissen meine beiden Kollegen und ich noch immer nicht, aus welchem Grund Sie unsere Dienste in Anspruch nehmen wollen.«

Wortlos erhob sich Mrs June von ihrem Sessel, ging auf einen schmalen Ecktisch zu und griff neben dem Festnetztelefon nach einer Zeitung. »Seit dem gestrigen Krähenangriff im Palisades Park ist mit einem Mal nichts mehr, wie es war. Ich bin raus aus der Sache. Unfreiwillig natürlich. Auf meine Unterstützung wird vorerst verzichtet. Dafür sind jetzt andere da.«

Bob war verwirrt. »Entschuldigung, das ging mir einen Tick zu schnell. Was ist denn so plötzlich vorgefallen?«

Mrs June schleuderte die aktuelle Ausgabe der *Malibu Today* so energisch auf den Beistelltisch, dass ihr Trinkglas zu Boden fiel und in tausend Scherben zersplitterte.

Erschrocken sprang Bob von der Couch auf. »Oje, hoffentlich war das Glas nicht wertvoll. Gibt's hier irgendetwas, womit ich das auffegen kann?«

»›Bleiben Sie zu Hause‹, hat er nur gesagt«, nahm Mrs June Bobs Angebot gar nicht zur Kenntnis. Ihre Lippen bebten.

»Und glaubt bloß nicht, dass Mr Dust mich persönlich über den Angriff informiert hat. Ich habe es der Zeitung entnehmen müssen. Was für eine Demütigung. So viel dazu, was er unter Teamgeist versteht.«

Justus startete einen Versuch, Mrs Junes wirre Aussage etwas zu sortieren. »Gehe ich recht in der Annahme, Madam, dass es sich bei der Person, mit der Sie eben telefoniert haben, um Mr Dust gehandelt hat? Wie ich und meine Kollegen Ihren Worten entnehmen konnten, scheint irgendeine Gefahrenlage eingetreten zu sein, die Mr Dust dazu veranlasst hat, auf Ihre Mitarbeit in seinem Team jetzt plötzlich verzichten zu wollen.«

»Da habt ihr aber recht gute Ohren«, lobte Mrs June. »Doch das erste Telefonat, bei dem er mir quasi die Kündigung erteilte, ohne dabei auch nur einen Grund zu nennen, erfolgte bereits gestern Abend. Vorhin habe dann *ich* ihn angerufen, um von ihm zu erfahren, ob mein Rausschmiss etwas mit dem Zeitungsartikel in der *Malibu Today* zu tun hatte, also vielmehr mit dem Krähenangriff. Das hat er nach einigem Zögern auch zugegeben. Angeblich sah er sich nach der Attacke auf seine Person dazu genötigt, sämtliche Sicherheitsvorkehrungen zu treffen, da ansonsten das Projekt ›Cawing Crows‹ – und somit auch ich – in größte Gefahr geraten könnten. Aber ich ziehe arg in Zweifel, dass ihn der gestrige Vorfall im Palisades Park dazu veranlasst hat, diese ungewöhnliche Entscheidung zu treffen.«

»Wie meinen Sie das?«, wollte Peter genauer wissen.

»Nachdem mich Mr Dust gestern Abend telefonisch aus heiterem Himmel aus seinem Projekt entbunden hat, habe ich die ganze Nacht kaum ein Auge zumachen können und ständig vor mich hin gegrübelt. Was ist der *wahre* Grund, weshalb er mich plötzlich nicht mehr dabeihaben will? Heute Morgen hielt ich es dann nicht länger aus und sagte zu mir: ›Goldie, wenn du Gewissheit haben möchtest, was *wirklich* hinter deinem Rauswurf steckt, musst du Mr Dust persönlich aufsuchen und ihm bei deiner Frage direkt in die Augen schauen. Nur so besteht für dich eine reelle Chance, eine ehrliche Antwort zu erhalten.‹«

»Und?«, fragte Peter gespannt. »Was ist bei diesem Vorhaben herausgekommen?«

»Heute früh gegen neun Uhr bin ich auf direktem Weg zu ihm rübergestiefelt, doch dann habe ich die Aktion unerwartet abbrechen müssen.«

»Warum?«, fragte Justus.

»Weil da diese Frau war.«

Bob stutzte. »Welche Frau?«

»Ich wollte gerade die Auffahrt seines Anwesens betreten, als ich im Vorgarten eine Gestalt bemerkte, die sich in geduckter Haltung hinter einer Rosenhecke ans Haus heranschlich. Einige Krähen, die offenbar von der fremden Person aufgeschreckt wurden, krächzten laut auf. Ich ging hinter der Mülltonne neben der Garage in Deckung und erkannte, dass es sich um eine Frau handelte: mittleres Alter, auffällig schlank, blonde Hochsteckfrisur, schwarzer Overall. Ein paar Meter vor dem

Haus blieb sie stehen, richtete sich auf und zog ein Handy aus ihrer Tasche.«

»Um zu telefonieren?«, fragte Peter.

Mrs June schüttelte den Kopf. »Nein, um zu fotografieren. Sie hat damit mehrere Aufnahmen von der Villa gemacht. Und auch vom Innern der Villa: Hinter einem der Fenster im ersten Stock, in dem sich das Forschungslabor befindet, schien sich jemand aufzuhalten. Aus der Entfernung konnte ich nicht genau erkennen, wer, aber aller Wahrscheinlichkeit nach kann es sich dabei ja nur um Mr Dust oder seinen Assistenten gehandelt haben. Auf dieses Fenster hat sie mit ihrer Handykamera am meisten draufgehalten.«

»Und dann?«, erkundigte sich Bob gespannt.

»Ist sie wieder zurückgeschlichen und irgendwo zwischen den Sträuchern verschwunden. Ich bin dann noch einige Minuten hinter der Mülltonne geblieben, weil ich vermeiden wollte, von ihr gesehen zu werden.«

Justus verzog enttäuscht das Gesicht. »Die Beschreibung der Frau ist leider nicht sehr aussagekräftig. Schade, dass Sie sie nicht noch weiter verfolgen konnten.«

»Wenn ich das richtig verstanden habe, sind Sie danach nicht mehr zu Mr Dust gegangen?«, vergewisserte sich Bob.

»Nein, ich war so überrumpelt und durcheinander.« Mrs June trommelte mit den Fingern nervös auf der Armlehne des Sessels herum. »Ich bin schnurstracks wieder nach Hause gegangen und habe mir das Gehirn zermartert, welchen Beweggrund die Frau gehabt haben könnte, heimlich dieses Haus zu fotografieren.«

»Und?«, drängte Justus interessiert. »Sind Sie zu einem Ergebnis gekommen?«

Mrs June schüttelte den Kopf. »Zunächst blieb mir keine weitere Zeit, mich mit dieser Frage zu beschäftigen, weil darauf ja gleich der Anruf von Agatha erfolgte. Und danach habe ich sofort bei *euch* angerufen, um eure Hilfe in Anspruch zu nehmen. Aber inzwischen bin ich mir ziemlich sicher, zu wissen, was dahintersteckt: Ich denke, die Frau handelt im geheimen Auftrag einer Institution, die mehr über das Projekt in Erfahrung bringen will.«

»Im geheimen Auftrag einer Institution? Das müssen Sie näher erläutern«, bat Bob.

Mrs June senkte die Stimme. »Ich habe euch vorhin ganz gewiss nicht nur aus einer Laune heraus zum Stillschweigen verpflichtet. Euch ist ja sicher bewusst, dass es bei dem Projekt ›Cawing Crows‹ nicht einfach nur um krächzende Krähen geht, sondern dass es sich um eine naturwissenschaftliche Forschung von äußerster Brisanz handelt. Bisher tüfteln Mr Dust und sein Kollege zwar nur im stillen Kämmerchen herum, analysieren Daten und werten Videoaufzeichnungen aus. Nach außen hin alles ganz unauffällig und harmlos. Aber die Konkurrenz schläft nicht, und damit sind nicht nur andere ornithologische Institute gemeint …«

Justus stutzte. »Worauf wollen Sie hinaus?«

Sie sah den Ersten Detektiv ernst an. »Es gibt noch andere Institutionen, die aus den sensationellen Ergebnissen, die Mr Dust und sein Computer-Experte bisher erzielt haben, ebenfalls einen großen Nutzen ziehen könnten. Finanziell und auch auf dem politischen Sektor.«

»Auf dem politischen Sektor?«, hinterfragte Bob. »Wie meinen Sie das?«

Mrs June beugte sich aus dem Sessel vor und raunte: »Wenn beispielsweise der Geheimdienst eines x-beliebigen Landes dahinterkäme, dass es hier in Malibu zwei Forschern gelungen ist, den Verständigungscode von Rabenvögeln zu entschlüsseln, könnte sich dies womöglich entscheidend auf die zukünftige Kriegsführung auswirken.«

Peter lief ein kalter Schauer über den Rücken. »Was haben Krähen denn mit Kriegen zu tun? Das klingt wie in einem Science-Fiction-Film.«

»Man könnte die Vögel anstelle von Agenten aussenden, um feindliches Terrain auszuspähen, oder sie dazu befähigen …« Sie hielt kurz inne und schüttelte sich. »Nein, ich mag es mir gar nicht weiter ausmalen!«

»Abgerichtete Tiere wurden tatsächlich schon in Kriegssituationen eingesetzt«, griff Justus ihre Aussage auf. »Aber für welche Zwecke auch immer – Sie glauben, die Frau will Mrs Dusts Forschungsarbeit ausspionieren?«

Mrs June nickte. »Ja, das glaube ich. Und vielleicht ist sie sogar eine Doppelagentin!«

Die drei ??? rissen erstaunt die Augen auf.

Mrs June fuhr fort: »Zwei Dinge haben sich in meinem Kopf im Kreis gedreht: mein Rausschmiss und diese Frau. Und dann hatte ich plötzlich den Geistesblitz. Die beiden Dinge gehören zusammen: Die Frau wurde anstelle von meiner Person von Mr Dust zu dem Projekt hinzugezogen und nun treibt sie, ohne sein Wissen, ein doppeltes Spiel.«

Justus, Peter und Bob sahen sich irritiert an.

»Da steckt mehr dahinter«, war sich Mrs June ihrer Sache sicher. »Und ich muss herausfinden, was! Genauer gesagt: ihr. Wie sieht es aus, Jungs? Kann ich in diesem Fall mit eurer Unterstützung rechnen?«

Schwere Geburt

Die drei Detektive sahen sich kurz an und nickten einvernehmlich. Die alte Dame wirkte zwar sehr aufgeregt und ihre Überlegungen und Aussagen waren durchaus etwas wirr, dennoch waren die Jungen erpicht darauf, zu erfahren, was es mit Mr Dusts seltsamem Projekt, dem plötzlichen Ausscheiden von Mrs June und dem Auftauchen der Fotografin auf sich hatte.

Mrs June blickte fragend in die Runde. »Darf ich euer Nicken als Zustimmung interpretieren oder seid ihr euch nur einig, dass ich als Krähen-Freundin einen Vogel habe und eher die Hilfe eines Therapeuten benötige?«

»Keinesfalls, Mrs June. Wir glauben Ihnen, was Sie beobachtet haben«, versicherte Bob der alten Dame.

Mrs June nestelte am Kragen ihres Kleides herum. »Und es würde euch ja auch die großartige Gelegenheit eröffnen zu erfahren, auf welche Weise es Mr Dust bisher gelungen ist, den Kommunikationscode der Krähen zu entschlüsseln. Sobald ihr nur ein kleines Stück seiner Demonstration zu hören *und* sehen bekommt, werdet ihr ebenfalls euren Augen und Ohren nicht trauen, das gebe ich euch schriftlich!«

Auch Justus nickte ihr aufmunternd zu. »Hiermit nehmen wir Ihren Auftrag an.« Er hatte aus seiner Tasche bereits eine Visitenkarte gezogen und überreichte sie nun mit großer Geste ihrer neuen Klientin.

Mrs June atmete erleichtert auf. »Na, das war ja eine schwere Geburt. Zwischenzeitlich hatte ich mehrmals die Befürchtung, ihr würdet mich im Stich lassen. Habt ihr schon einen Plan, wie ihr an die Sache herangehen werdet?«

»Das will gut überlegt sein«, gab der Erste Detektiv zurück. »Zumal wir es in diesem Fall mit der spezialgelagerten Situation zu tun haben, dass Mr Dust gestern Morgen nicht nur Peter im Palisades Park schon über den Weg gelaufen ist, sondern einige Stunden später auch mit Bob und mir Bekanntschaft machen durfte.«

»Wie das?«, hakte Mrs June nach. »In dem Artikel der *Malibu Today* ist nur von Peter Shaw die Rede gewesen.«

In wenigen Worten klärte der Erste Detektiv ihre Auftraggeberin darüber auf, was sich ereignet hatte, nachdem Peter mit Mr Dusts verlorener Brieftasche in der Zentrale aufgetaucht war.

Als er seinen Bericht beendet hatte, bildete sich auf Mrs Junes Stirn eine tiefe Falte. »Habt ihr euch Mr Dust gegenüber denn schon als Detektive ausgewiesen?«

»Zum Glück nicht«, erwiderte Bob. »Aber das erleichtert die Taktik unserer weiteren Vorgehensweise nur bedingt. Wir müssen uns zunächst einen plausiblen und für ihn gut nachvollziehbaren Vorwand überlegen, um bei ihm aufkreuzen und ihm möglichst unauffällig auf den Zahn fühlen zu können.«

Peter verzog das Gesicht. »Was schwebt dir da vor? Wenn es sich bei dem Projekt ›Cawing Crows‹ tatsächlich um so ein heißes Ding handelt, wie Mrs June behauptet, wird er uns mit Sicherheit keinen Schritt weit in seine Villa hineinlassen. Er wollte ja gestern noch nicht mal verraten, welche Art von Büchern er sich in der Bibliothek ausleiht.«

Justus hob abwehrend die Hand. »Ich schlage vor, Kollegen, dass wir diese Debatte in unserer Zentrale fortsetzen und nicht hier diskutieren, das halte ich für …«

»… vollkommen unnötig«, fuhr ihm Mrs June ins Wort. »Den Weg in eure Zentrale könnt ihr euch doch getrost sparen. Wir werden Mr Dust einfach gemeinsam auf den Pelz rücken und ihn zur Rede stellen. Jetzt gleich. Das hatte ich ja heute Morgen ohnehin schon vor.«

Bob und Peter sahen gespannt zu Justus, weil sie wussten, dass ihr Freund sich nur ungern ins Wort fallen ließ.

Aber Mrs June sprach ungerührt weiter. »Wenn ihr das Telefonat mit Mr Dust vorhin aufmerksam bis zum Schluss mitverfolgt habt, ist euch ja sicher nicht entgangen, dass ich ihm bereits klargemacht habe, dass ich mit seiner Entscheidung ganz und gar nicht einverstanden bin.«

Justus knetete seine Unterlippe. »Vielleicht ist es tatsächlich keine schlechte Idee, ihn direkt und gemeinsam zu konfrontieren. Allerdings ist mir gerade aufgefallen, dass Sie vorhin beim Telefonat mit Mr Dust den Vorfall, dass diese Frau heute Morgen sein Haus observiert hat, ihm gegenüber noch nicht erwähnt haben. Geschah das absichtlich?«

»Sicher doch!« Die alte Dame bedachte Justus mit einem anerkennenden Lächeln. »Dir entgeht auch nicht das geringste Detail. Aber wie ich euch schon sagte, halte ich es aus strategischen Gründen für ratsamer, diese Fragen in einem persönlichen Gespräch zu klären. Ich möchte ihm dabei direkt in die Augen sehen.«

»Eine sehr kluge Entscheidung«, lobte Justus. »Und sie verschafft uns den Vorteil, dass wir drei Detektive bei dieser Konfrontation ebenfalls anwesend sein werden. Ich bin auf seine Reaktion ebenso gespannt wie Sie, Mrs June. Jedoch habe ich eine große Bitte: Halten Sie sich mit der Frage, was diese bisher unbekannte Frau betrifft, bei unserem Besuch vorerst noch zurück. Ich möchte zunächst in Erfahrung bringen, was Mr Dust Ihnen im Detail zu Ihrem ›Rauswurf‹ zu sagen hat. Unser weiteres Vorgehen werden wir dann spontan entscheiden. Es ist immer besser, noch ein Ass im Ärmel zu haben …«

Alarmstufe ROT!

Zwischen Mrs Junes und Mr Dusts Villa betrug die Entfernung nur wenige hundert Meter. Im Gegensatz zu Mrs Junes Anwesen, das durch eine hohe Umzäunung und ein Tor gesichert war, war das Grundstück des Forschers frei zugänglich, sodass die vier direkt zu seiner Haustür marschieren und klingeln konnten.

Den Ersten Detektiv überkam ein ungutes Gefühl. Ihm passte es gar nicht, wenn er bei den Ermittlungen eines Falles nicht die vollkommene Kontrolle besaß. Und Mrs June erschien ihm wenig berechenbar in ihrem Verhalten.

Die Sekunden verstrichen, ohne dass sich etwas tat. Justus hoffte schon, dass Mr Dust nicht zu Hause war, damit den drei Detektiven die Möglichkeit blieb, eine richtige Strategie zu entwickeln, doch dieser Wunsch löste sich augenblicklich in Luft auf.

»Ich höre Schritte«, raunte Mrs June zuversichtlich. »Da drin kommt jemand die Treppe runter.«

Es klickte im Schloss und die Tür schwang zur Seite.

»A…aber … wir hatten doch … Ich meine …« Mr Dust verharrte regungslos im Türrahmen.

»Mein Auftauchen dürfte Sie doch eigentlich nicht überraschen«, sagte Mrs June, während dem Forscher sämtliche Farbe aus dem Gesicht wich.

Verunsichert zeigte er auf die drei Detektive. »Und was habt *ihr* hier zu suchen?«

»Entfernte Verwandtschaft, dritten Grades«, kam die Dame Justus zuvor. »Deshalb sind sie ja auch zu dritt! Und nun sollten Sie uns höflichst hereinbitten.«

»Ich … äh … Wenn es sein muss.« Zögernd trat Mr Dust einen Schritt zur Seite und gewährte seinen Besuchern Zutritt. Nachdem er hinter ihnen die Eingangstür geschlossen hatte, ging er sofort in Abwehrhaltung und stemmte die Hände in die Hüften. »So geht das nicht, Madam! Ich hatte Ihnen doch am Telefon gesagt, dass Sie …« Er presste die Lippen zusammen und musterte die drei ???. »Ich denke nicht, dass es sinnvoll wäre, das Gespräch in Anwesenheit Ihrer Begleiter weiter zu vertiefen. Obgleich es mich brennend interessiert, welchem merkwürdigen Zufall ich es zu verdanken habe, dass ihr drei hier erneut auftaucht. Dass ihr ausgerechnet Verwandte meiner Nachbarin seid, wird ja wohl kaum wahr sein, oder?« Argwöhnisch ging er einen Schritt auf Peter zu und fixierte ihn mit durchbohrendem Blick. »Magst *du* mir darauf vielleicht eine Antwort geben, Peter?«

»Eine … Antwort geben?«, fragte der Zweite Detektiv scheinheilig, um Zeit zum Nachdenken zu gewinnen. »Worauf?«

»Ich nehme begeistert zur Kenntnis, dass Sie sich ja nun doch dazu durchgerungen haben, das anstehende Gespräch zu fünft zu führen«, übernahm Mrs June wieder geschickt das Gespräch. »Es ist vollkommen unnötig, den drei jungen Herren auch nur im Ansatz mit Misstrauen zu begegnen, ich verbürge mich höchstpersönlich für ihre Vertrauenswürdigkeit. Der einzige Zufall in der ganzen Sache besteht darin, dass in dem Bericht der *Malibu Today* der Name ›Peter Shaw‹ erwähnt wurde, den eine alte Freundin von mir gut kennt. Und Agatha weiß wiederum auch, dass zwischen *Ihnen*, Mr Dust, und mir ein enger Kontakt besteht, weshalb sie mich heute Morgen gleich anrief, um mich auf diese ›kuriose Verbindung‹, wie sie es nannte, anzusprechen. Daraufhin kam mir der Gedanke, Peter einzuladen und zu bitten, mir von dem Krähenangriff zu erzählen, da Sie das ja nicht für nötig gehalten haben. Und Peter hat halt seine Freunde mitgebracht.«

Unruhig trat Mr Dust von einem Bein aufs andere. »Also schön, wir können das alles in Ruhe miteinander besprechen, und vermutlich werden Sie dann auch nachvollziehen können, weshalb ich mich dazu gezwungen sah, die Notbremse zu ziehen. Aber …«

Bevor er seinen Satz zu Ende sprechen konnte, wurde im oberen Geschoss eine Tür aufgerissen und eine entsetzte Stimme rief: »Alarmstufe ROT, Gordon! Du musst sofort hochkommen!«

Vorsichtsmaßnahmen

Mrs June, die drei Detektive und der Forscher fuhren gleichzeitig herum und blickten zum Treppengeländer im oberen Geschoss hinauf. Dahinter stand ein junger Mann und gestikulierte aufgeregt mit den Armen.

»So mach schon, gib Gas!«

Mr Dust war unschlüssig, wie er mit seinen vier Besuchern verfahren sollte. Also zischte er einfach: »Wartet hier, ich bin gleich zurück!« Beim Hinaufeilen nahm er mehrere Stufen auf einmal. Oben angekommen lotste ihn der junge Mann zu einer geöffneten Tür und verschwand mit ihm in einem Zimmer.

Bob runzelte die Stirn und deutete fragend zum oberen Geschoss. »Was mag da vorgefallen sein, Freunde? Und haben Sie eine Ahnung, Madam, wer der andere Mann ist?«

»Das ist Roy Hancock. Mr Dusts Computer-Experte und enger Mitarbeiter des Forschungsprojekts«, gab Mrs June ihr Wissen preis, während Justus entschlossen zur Treppe wies.

Mrs June reagierte als Erste und schob sich an Justus vorbei. Die drei Detektive folgten der Dame, die mit energischen Schritten vorausstiefelte und oben angekommen geradewegs auf das Zimmer zusteuerte, das Mr Dust und sein Kollege zuvor betreten hatten.

»Nur keine falsche Scheu«, rief sie ihren Begleitern zu. »Ich kenne mich hier bestens aus.«

Mr Dust und sein Mitarbeiter nahmen nicht die geringste Notiz von den ›Eindringlingen‹. Der Forscher stand vor einem länglichen Tisch aus massivem Eichenholz und starrte entgeistert auf drei Monitore, die nebeneinander darauf aufgestellt waren. Mr Hancock saß auf einem Klappstuhl vor einer Tastatur und rief per Mausklick eine Datei auf, die sich binnen weniger Sekunden auf dem Bildschirm des linken Monitors öffnete.

»Sieh dir das an!«, zischte der junge Mann und wies auf die rechte untere Seite des Bildschirms.

In diesem Moment wechselte Mr Dust seine Position, beugte sich ein Stück herunter und nahm den Besuchern damit die freie Sicht.

»Die Tonkurven der Sektionen 9 und 24 vom 17. Mai um sechzehn Uhr dreiunddreißig und vier Sekunden – sowie um zwanzig Uhr elf und neunzehn Sekunden – stimmen exakt mit denen von gestern um achtzehn Uhr zwei und acht Sekunden überein. Es ist der identische Vorgang. Beide Male steigst du aus deinem Wagen aus und gehst auf das Haus zu.« Er öffnete eine weitere Datei. »Und jetzt schau und hör genau hin!«

Die drei Detektive und Mrs June verrenkten ihre Hälse, um ebenfalls etwas von dem Geschehen auf den Monitoren sehen zu können. Kurz darauf wurden sie Zeuge, wie ein plötzliches Krähenkrächzen aus zwei Lautsprechern drang, die links und rechts neben den Monitoren platziert waren. Peter fühlte sich sogleich an die Attacke der schwarzen Rabenvögel im Palisades Park erinnert und bekam eine Gänsehaut.

»KRAHH-KRA-KRAH --- KRAH – KRAHHH!«

Mr Dust fuhr erschrocken zusammen. »Die gleichen Tonreihenfolgen wie vom siebzehnten Mai, sagtest du?«

Sein Kollege nickte. »Irrtum ausgeschlossen.«

»Verdammt!«, zischte der Forscher. »Dann haben wir das Federvieh sogar noch weit unterschätzt. Mit meiner Befürchtung lag ich demnach richtig. Wir müssen die Vorsichtsmaßnahmen um noch eine Stufe erhöhen.«

Nach diesen Worten verlor Mrs June die Beherrschung und trat einen Schritt nach vorn. »Was hat das zu bedeuten?«

Mr Dust und sein Mitarbeiter fuhren abrupt herum.

»Ich hätte es mir ja denken können …«, entwich es dem Forscher entgeistert, während Mr Hancock blitzschnell auf die linke Maustaste drückte, woraufhin sich die drei Bildschirme verdunkelten.

»Ich hatte Ihnen doch die strikte Anweisung erteilt, *unten* auf mich zu warten.«

»Ich habe ein Anrecht auf lückenlose Information!« Mrs June hob den Zeigefinger. »Schließlich sitzen wir in einem Boot, aus dem Sie mich jetzt nicht so einfach ins Wasser stoßen und zum Abtauchen nötigen können, nur weil sich plötzlich in der nahen Umgebung ein gefährliches Unwetter zusammenbraut. Ich bleibe an Bord, ob Sie wollen oder nicht!«

»Hören Sie, ich kann Ihren Unmut ja durchaus verstehen«, gab Mr Dust zurück. »Aber die Dinge haben sich grundlegend geändert. Ich kann und werde es nicht verantworten, Sie weiterhin in eine Sache mit einzubeziehen, die nicht nur mich, sondern auch Sie in größte –«

»… Gefahr bringen könnte«, kam sie ihm zuvor. »Sie wiederholen sich. Aber ich glaube Ihnen nicht. Seit heute Morgen beschleicht mich der Verdacht, dass Sie mir gegenüber nicht mehr mit offenen Karten spielen, und deshalb habe ich diese drei jungen Herren als Detektive angeheuert!«

Projekt ›Cawing Crows‹

»Sie haben … *was?*« Entgeistert blieb Mr Dust der Mund offen stehen, doch auch die drei Detektive konnten kaum fassen, was Mrs June soeben preisgegeben hatte.

»Das war gegen die Abmachung!«, äußerten der Forscher und Justus gleichzeitig und blickten die Dame perplex an.

»Ganz ruhig«, versuchte Mrs June, die angespannte Stimmung einen Gang herunterzufahren. »Zuerst einmal Folgendes, Mr Dust: Bisher habe ich den drei jungen Herren nicht das geringste Detail Ihres Forschungsprojekts weitergegeben, mit Ausnahme der Tatsache, dass Sie dem Verständigungscode der Krähen auf der Spur sind. Das ist aber bei Weitem kein Staatsgeheimnis, da sich, wie wir alle wissen, neben dem *Bird Forest Institute* in Los Angeles auch noch eine Vielzahl anderer Einrichtungen mit diesem Thema beschäftigen.«

»Und weshalb haben Sie nun diese drei Lausebengel … äh, ich meine … diese drei Jungen als ›Detektive‹ angeschleppt?« Mr Dusts Gesichtsausdruck zeigte alles andere als Begeisterung. »Warum das plötzliche Misstrauen gegen meine Person?«

Mrs June sah ihm direkt in die Augen. »Zum einen ist da die Sache mit dem Krähenangriff. Ich war doch sehr überrascht, die Information darüber der Zeitung entnehmen zu müssen, anstatt von Ihnen persönlich davon zu erfahren. Das hat mich heute Morgen recht stutzig gemacht. Zudem frage ich mich: Woher hatte die *Malibu Today* die Informationen, die dem Artikel zugrunde lagen? War zufällig ein Reporter oder eine Journalistin vor Ort, als die Krähen über Sie herfielen, oder hat Sie womöglich eine Person bereits im Vorfeld beschattet?«

Der Forscher schüttelte den Kopf. »Niemand hat mich beschattet – davon gehe ich jedenfalls fest aus. Ich fühlte mich lediglich dazu verpflichtet, den Krähenangriff in der Presse publik zu machen, um die Öffentlichkeit zu warnen. Was das andere angeht … Sie haben wirklich allen Grund, Ihr Vertrauen mir gegenüber infrage zu stellen, weil ich mich zuerst an die Presse gewandt habe, statt *Ihnen* im Vorfeld von dem Vorfall zu berichten. Es tut mir aufrichtig leid.«

»Und *weshalb* hielten Sie es nicht für nötig, mich ebenfalls zu informieren?«, gab sich Mrs June mit seinem Eingeständnis und seiner Entschuldigung nicht zufrieden. »Wenn ich nicht über andere von dem Artikel erfahren hätte, wäre ich schließlich noch immer die Ahnungslose. Deshalb frage ich Sie jetzt zum letzten Mal: Weshalb haben Sie mir den Vorfall im Palisades Park verschwiegen?«

Mr Dust geriet sichtlich in Erklärungsnot und vergrub seine

Hände verunsichert in den Hosentaschen. »Ich … habe Ihnen doch bereits gesagt, dass meine neuesten Forschungsergebnisse allen Anlass zur Sorge geben, dass Gefahr im Verzug ist. Wir befinden uns gerade auf sehr dünnem Eis, was die aktuellen Auswertungen betrifft. Und deshalb bitte ich Sie inständig, zumindest noch einige Tage außen vor zu bleiben, bis uns weitere Kenntnisse vorliegen.«

»Denkst du nicht, dass es vernünftiger wäre, Mrs June jetzt mit der Wahrheit zu konfrontieren, Gordon?«

Der Forscher drehte sich überrascht um, blickte seinen Kollegen einige Sekunden stumm an und seufzte. »Wahrscheinlich hast du recht, Roy.« Er zeigte auf einige zusammengeklappte Stühle, die neben dem Türrahmen an der Wand lehnten, und wies seine Besucher an, darauf Platz zu nehmen. »Ich sollte euch wohl noch kurz vorstellen, Jungs. Das ist mein Kollege und guter Freund Roy Hancock. Er ist Computer-Experte und eine absolute Koryphäe auf seinem Gebiet. Roy, dieser junge Mann ist Peter Shaw. Ihm allein hab ich es zu verdanken, dass mir die Krähen bei ihrem Angriff nicht noch die Augen aushacken konnten. Und das sind seine beiden Freunde Justus und Bob, soweit ich die Namen noch richtig in Erinnerung habe. Zu dritt haben sie mir gestern die Brieftasche zurückgebracht, die ich im Park verloren hatte. Das war sehr ehrenwert von euch, Jungs, und deshalb denke ich nun auch, dass ich euch mehr Vertrauen entgegenbringen sollte. Daher dürft ihr bei der Demonstration, die Roy uns allen gleich noch einmal präsentieren wird, ausnahmsweise dabei sein.«

»Wir wissen dieses Vertrauen zu schätzen, Sir«, entgegnete Justus. »Im Gegenzug versichern wir Ihnen, dass wir über alles, was Ihr Forschungsprojekt betrifft, absolutes Stillschweigen bewahren werden.«

Mr Dust nickte wohlwollend. »Genau das wollte ich hören. In Kurzform möchte ich euch zunächst erläutern, was mich überhaupt dazu bewogen hat, das Projekt ›Cawing Crows‹ in die Wege zu leiten: Unter allen Vogelarten ist die Kommunikation unter Rabenvögeln, zu deren Gattung auch die Krähen zählen, erstaunlich differenziert. Sie haben unterschiedliche Alarmsignale für Katzen, Habichte und Menschen. Bisher ist es der Wissenschaft gelungen, über zweihundertfünfzig verschiedene Laute der ›Krähensprache‹ zu identifizieren. Aus weiteren Studien weiß man, dass Raben außerdem ihre Schnäbel einsetzen wie Menschen ihre Hände, um Gegenstände hochzuhalten und einander zu zeigen. Ein solches Verhalten wurde zuvor nur bei Primaten, insbesondere bei Menschenaffen beobachtet. Die Affen fordern mit diesen Gesten in der Hauptsache andere Affen zu einer Handlung auf, im Sinne von ›Gib mir das!‹ oder ›Kratz mich mal hier‹. Raben hingegen versuchen damit, ähnlich wie wir Menschen, die Aufmerksamkeit von Artgenossen auf etwas zu lenken, so wie etwa in ›Schau mal, was ich hier habe‹.« Mr Dust fächelte sich mit der Hand etwas kühlende Luft zu. »Ich könnte euch noch zig weitere Beispiele nennen und Abhandlungen zitieren, inwiefern den Rabenvögeln bereits eine überdurchschnittliche Intelligenz und Kommunikationsfähigkeit nachgewiesen werden konnte«, fuhr

Mr Dust fort und wischte sich Schweiß von der Stirn. In dem beengten Raum war es ziemlich stickig. »Doch das würde den zeitlichen Rahmen sprengen.«

»Sie sprechen mir aus der Seele! Kommen Sie doch endlich zum Punkt«, wetterte Mrs June, woraufhin Bob verschmitzt grinsen musste. Noch vor einer halben Stunde war es ihm und seinen Freunden ähnlich ergangen, als die verschrobene Dame ebenfalls nicht besonders schnell auf den Kern ihrer Erläuterungen gekommen war.

Mr Dust ließ sich jedoch nicht aus der Ruhe bringen. »Offen gesagt ist es ein Stück weit Mrs June zu verdanken, dass das Thema der Vogelkommunikation für mich eine besondere Bedeutung bekam. Sie legt ihre Anschauungen darüber ziemlich unwissenschaftlich, nahezu mit einer *kindlichen* Auffassung dar, was aber keinesfalls abfällig gemeint ist. Besonders deutlich wurde das in einem Beitrag, von dem ich in der Zeitung las. Darin schildert sie in nahezu poetischen Worten ein Erlebnis, das ihr an einem ganz speziellen Morgen nach dem Erwachen widerfuhr. Wenn ihr den genauen Wortlaut wissen wollt, könnt ihr ihn dort nachlesen.« Mit großer Geste wies er zur Wand neben dem Fenster, an dem ein kleiner Bilderrahmen hing. Unter Glas befand sich ein ausgeschnittener Zeitungsartikel. »Ich habe ihn hier aufgehängt, weil er wirklich bemerkenswert ist!«

Bob erhob sich vom Stuhl und trat interessiert an die Wand heran. »Soll ich laut vorlesen, Freunde?«

Justus nickte. »Wir sind ganz Ohr!«

»Ich war noch müde, schlaftrunken, befand mich halbwegs noch in meinem Traum und lauschte durch das geöffnete Fenster den anmutigen Gesängen der Vögel. Plötzlich durchbrach das aufgebrachte Krächzen einer Krähe die friedliche Morgenstimmung, worauf die anderen Vögel schlagartig verstummten. Weit entfernt reagierte eine andere Krähe, krächzte ebenfalls laut auf und rief damit noch weitere Krähen dazu auf, sich dem Dialog anzuschließen. Irgendetwas für mich Unergründliches hatte die Vögel in hellen Aufruhr versetzt, das war den Klängen und Tonfolgen deutlich zu entnehmen. Es ähnelte frappierend einer hitzigen Debatte unter Menschen, bei der jeder seine eigene Meinung kundtut. Aber das Krächzen fand nacheinander, nicht gleichzeitig statt. So, als würde eine Krähe auf die Botschaft einer anderen antworten, weshalb ich mich noch immer frage, nach welcher Philosophie diese faszinierenden Vögel ihr Leben ausrichten. Wie lautet ihre Bestimmung? Und wissen sie womöglich mehr als wir?«

»Wirklich … beachtlich«, kommentierte Peter, nachdem Bob zu Ende gelesen hatte. Dann warf er Mr Dust einen fragenden Blick zu. »Und daraufhin begannen Sie dann Ihr Projekt?«

Der Mann nickte. »Mrs Junes Schilderungen trafen bei mir einen bestimmten Nerv und wirkten nach. Je länger ich darüber nachdachte, desto mehr war ich der gleichen Auffassung wie sie. Auch weil die Grundlage ihrer Überlegungen mir aus dem Herzen spricht: Wir Menschen nehmen uns selbst viel zu wichtig und ignorieren nur allzu gern alles, wovon wir uns keinen Nutzen versprechen, wie etwa das scheinbar belanglose Zwitschern und Krächzen unserer gefiederten Freunde.

Doch als Roy und ich dann bei einem Glas Bier zusammensaßen und ich ihm erzählte, was Mrs June und inzwischen auch mich seit Längerem beschäftigte, wuchs in uns beiden die Idee, dieser Frage näher auf den Grund zu gehen. Roy verfügte über das nötige Know-how, wie man eine Software programmieren müsste, um die gewünschten Erfolge erzielen zu können, und ich übernahm den naturwissenschaftlichen Part des Projekts, dem wir aus einer Laune heraus den Namen ›Cawing Crows‹ verpassten. Doch nun genug der langen Vorrede.« Er gab seinem Kollegen ein kurzes Zeichen. »Macht euch jetzt ein eigenes Bild davon, welch unglaublich faszinierendem Phänomen wir auf die Spur gekommen sind.«

KRAH-KRA-KRA-KRAH

Mit wenigen Mausklicks startete Roy das Demo-Programm. Auf dem linken Monitor erschien ein Standbild, das den Ausschnitt einer Rasenfläche zeigte. In deren Mitte befand sich ein hochgewachsener Pinienbaum.

Die drei ??? warteten gespannt, was gleich passieren würde.

»Seit Beginn unseres Projekts haben wir am Haus und im Garten mehrere Kameras und Mikrofone installiert, die rund um die Uhr das Verhalten der Vögel aufzeichnen, vor allem ihre Interaktion miteinander«, erklärte Mr Dust seinen Besuchern. »Die Krähen-Population nimmt von Jahr zu Jahr stetig zu, und das nicht nur in unserer Region. Daher war es uns möglich, tausendfache Bild- und Tonaufnahmen auszuwerten, die sich, dank Roys Software, mit absoluter Präzision bis auf die Millisekunde miteinander vergleichen lassen.« Zur Veranschaulichung wies er auf den linken Bildschirm. »Dort seht ihr das Standbild einer Aufzeichnung vom vierzehnten Februar diesen Jahres. Das Datum und die präzise Uhrzeit der

Aufnahme werden im unteren Bereich des Bildschirms angezeigt.«

Interessiert rutschte Bob mit seinem Stuhl ein Stück näher und prägte sich die Zeitangaben genauestens ein.

»Das Standbild zeigt einen Ausschnitt des hinteren Gartens, die Kamera dazu ist am Gitter vom Balkon des angrenzenden Nebenzimmers installiert«, fuhr der Forscher beflissen fort. »Durch die hochauflösende Bildqualität sind beim Heranzoomen sämtliche Details zu erkennen, die uns frappierende Aufschlüsse ermöglichen, von denen ihr euch nun selbst überzeugen könnt.« Wieder gab er seinem Assistenten ein kurzes Handzeichen. »Fahr ab, Roy.«

Das Bild setzte sich in Bewegung und Mr Hancock zoomte an die Krone des Pinienbaums heran. In dem Geäst saßen zwei Krähen nebeneinander. Eine von ihnen hielt in ihrem Schnabel einen gelben Streifen, der sich beim näheren Heranzoomen als ein Stück Pommes frites entpuppte.

»KRAH-KRA-KRA-KRAH«, ertönte es aus den Lautsprechern. Gleich darauf war auf dem Bildschirm zu sehen, wie eine der beiden Krähen – diejenige, die die Krächz-Laute ausgestoßen hatte – mit einer blitzartigen Bewegung nach vorne schnellte und der anderen Krähe den Pommes-Streifen aus dem Schnabel riss.

»Geh wieder auf Standbild-Modus«, dirigierte der Forscher. »Und starte die zweite Demo auf Monitor B.«

Nach wenigen Mausklicks zeigte sich auf dem mittleren Bildschirm eine ähnliche Szene: Auf der Zufahrt von Mr Dusts

Anwesen saß auf dem Rand der geöffneten Mülltonne eine Krähe und pickte aus dem Abfall den Strunk eines halb aufgegessenen Apfels heraus. Dann erklang aus dem Off ein schrilles »KRAH-KRA-KRAH-KRAH«! Von rechts kam eine weitere Krähe herangeschossen, riss ihrer Artgenossin auf der Mülltonne im Vorbeiflug den Apfelstrunk aus dem Schnabel und flatterte mit dem Beutestück davon.

Nachdem Roy auch diese Aufnahme wieder auf Standbild geschaltet hatte, blickte Mr Dust die drei Detektive prüfend an. »Nun? Ist euch an den zwei Filmausschnitten irgendetwas Außergewöhnliches aufgefallen?«

Peter zupfte sich verlegen am Kinn. »Na ja … Es war schon … im wahrsten Sinne des Wortes ›ergreifend‹, wie unverfroren diese Krähen bei ihren Klau-Attacken vorgehen. Und so was bezeichnen Forscher tatsächlich als ›Sozialverhalten‹? In der Schule würden die keine gute Note dafür kriegen.«

»Könnten wir die beiden Videosequenzen bitte noch einmal sehen?«, wandte sich der Erste Detektiv an den Forscher. »Obwohl es mir schon genügen würde, nur die beiden Audiospuren zu hören.«

»Oha, du scheinst mir ja recht aufmerksam zu sein«, sprach Mr Dust seine Anerkennung aus. »Man sollte die Jugend doch niemals unterschätzen! Und da du dich bereits auf dem richtigen Pfad zu befinden scheinst, kann Roy jetzt die dritte Datei öffnen.«

Peter und Bob warfen sich fragende Blicke zu, während der Computer-Experte das betreffende Programm aktivierte. Kurz darauf erschien auf dem dritten Monitor die Darstellung zweier untereinanderstehender Tonkurven.

Mr Dust rutschte mit dem Stuhl ein Stück zur Seite, um seinen Besuchern die freie Sicht auf den dritten Bildschirm zu ermöglichen. »Schaut genau hin: Diese beiden Kurven stellen die Tonspuren dar, die parallel zu den Kameraaufnahmen per Mikrofon mit aufgezeichnet wurden. Je nach Lautstärke und Tonhöhe schlägt dabei die Kurve unterschiedlich aus und zeigt somit präzise die Audiofrequenzen an.«

»Soll ich die erste Videodatei noch einmal starten?«, fragte Mr Hancock.

Der Forscher nickte. »Film ab!«

Nachdem der Computer-Experte das Video wieder zum Laufen gebracht hatte, begann sich die Tonkurve auf dem dritten Monitor von links nach rechts auf und ab zu bewegen. Während der ersten Sekunden schlug die Kurve nicht sonderlich aus, doch als die Krähe laut aufkrächzte – kurz bevor sie startete, um den Pommes-Streifen aus dem Schnabel ihrer Artgenossin zu reißen –, erreichte die Kurve ihren vollen Pegel bis zum Anschlag.

»KRAH-KRA-KRA-KRAH!«

»Stopp!«, rief der Forscher abrupt. »Nun bitte das zweite Video erneut starten.«

Mr Hancock folgte der Anweisung. Als auf dem mittleren Monitor die Filmszene mit dem Apfelstrunk wiederholt zu sehen war, wartete Mr Dust, bis das Krächzen der anderen Krähe ertönte – »KRAH-KRA-KRAH-KRAH« –, und gab

Order, auf Standbild zu gehen. Zeitgleich stoppte auch die untere Tonkurve auf dem rechten Bildschirm.

Justus' Augen begannen, fasziniert zu glitzern.

»Und?«, wandte sich der Forscher an seine Besucher und deutete dabei auf die beiden Tonkurven. »Was sagt euch das?«

»Ich habe diese Demonstration bereits zum zweiten Mal gesehen und bin deshalb von Mr Dust schon aufgeklärt worden«, ließ Mrs June die drei Detektive wissen. »Darum ist nun *euer* Scharfsinn gefragt!«

Bob hob die Augenbrauen und rückte näher an den Monitor heran. »Die beiden Tonkurven sind sich sehr ähnlich und weichen nur in geringen Details voneinander ab.«

»Das sehe ich genauso«, stimmte Peter zu. »Aber sonst ...?« Er schüttelte den Kopf. »Sorry, ich muss passen.«

»Eure Beobachtung ist richtig, Kollegen«, sagte Justus. »Aber sie trifft den Kern nur teilweise. Die Tatsache, dass die Krähen in beiden Videos eine ähnliche Aktion ausüben, nämlich Mundraub, oder besser ›Schnabelraub‹, und dabei ein fast identisches Krächzen von sich geben, könnte womöglich darauf schließen lassen, dass diese Laute ...«

»Was heißt hier ›könnte womöglich‹?«, schnitt ihm Mr Dust ungehalten das Wort ab. »Vorhin habe ich ja geglaubt, dass du als Einziger eurer Truppe verstanden hast, zu welch sagenhaftem Ergebnis wir mit unseren Beobachtungen bisher gekommen sind, aber anscheinend bist du wohl noch nicht ausreichend überzeugt davon. Allein diese kurze Demonstration beweist Folgendes: In beiden Sequenzen hatte es die *die-*

bische Krähe darauf abgesehen, ihrem Artgenossen das gefundene Futter zu entwenden. Bevor sie zur Tat schritt, stieß sie jeweils ein Krächzen aus, das in beiden Fällen eine frappierende Ähnlichkeit aufweist. Faszinierend ist dabei, dass wir über zig weitere Videos verfügen, in denen es sich ebenfalls um Diebstahlaktionen handelt und die Vögel dabei immer Laute in – nahezu – identischen Tonfolgen von sich geben. Anhand dieser Videos waren Roy ich uns recht schnell darüber einig, was das übereinstimmende Krächzen übersetzt bedeutet.«

»Und das wäre?« Bob sah den Forscher fragend an.

Angriff!

Mr Dust fuhr sich mit der Zunge über die trockenen Lippen und deutete erneut auf die Tonkurven. »Frei interpretiert in etwa ›Gib das her‹, ›Das will ich haben‹ oder auch ›Das ist meins‹. Interessant sind nun die kleinen Abweichungen, die sich je nach den unterschiedlichen Gegenständen, auf die es die Tiere gerade abgesehen haben, ergeben.«

Peter ließ schon seit einer Weile nervös seine Knie wippen und kam auch jetzt nicht aus dem Takt. Er schien aufrichtig irritiert. »Ich möchte Ihre bisherigen Forschungsergebnisse ja nicht infrage stellen, Mr Dust, aber können diese immer gleichen Krah-Krah-Krah-Laute nicht einfach ein Zufall gewesen sein? In Rocky Beach flattern diese Vögel schließlich auch herum, und soweit *ich* es beurteilen kann, geben sie ständig nur ein und dasselbe ›Krah-Krah-Krah‹ von sich.«

Justus war ebenfalls skeptisch. »Mir erscheint das Ganze auch noch nicht zu belegen, dass man das Krächzen in so etwas wie eine richtige Sprache übersetzen kann.«

»Ich verstehe nur zu gut, dass ihr diese kleinen Unterschiede nicht wahrnehmt«, hielt Mr Dust dagegen. »Genauso kann ein Laie keine stilistischen Unterschiede zwischen einer Komposition Mozarts und einem Werk von Beethoven erkennen, ein Profi hingegen schon. Und in unserem Falle sind Mr Hancock und ich, mit Verlaub, die Profis, die diese Unterschiede sehr deutlich wahrnehmen.«

»Also, mich überzeugen diese Aufnahmen und Schlussfolgerungen sehr, die Ergebnisse von Mr Dust und Mr Hancock sind beeindruckend«, sagte Mrs June ein wenig empört. »Ihr mögt ja vielleicht gute Detektive sein, aber in Sachen Ornithologie scheint es euch noch ein wenig am nötigen Feingefühl zu mangeln.«

»Lassen Sie es gut sein, Mrs June«, entgegnete Mr Dust beschwichtigend. »Ich denke, ich muss den Jungen die Vorgehensweise unseres Projekts noch etwas genauer erklären.« Wieder wies er auf die drei Monitore. »Wie schon gesagt, ist die Software in der Lage, alle gespeicherten Krächzer miteinander zu vergleichen und – gekoppelt mit den visuellen Aufnahmen – alle identischen Tonabfolgen auf den Bildschirmen anzuzeigen. Roy wird gleich weitere Beispiele zeigen. Bei Aufnahmen, in denen ich aus dem Haus trete, um den Müll in die Tonne zu entleeren, wird es ganz deutlich. Jedes Mal erfolgt bei diesem Vorgang eine gleiche Tonfolge, die sich aber deutlich von denen der Diebstahlattacken unterscheidet. Wenn hingegen Roy das Haus verlässt, ist die Tonabfolge fast identisch, aber eben nur fast. Das zeigt sich in hunderten weiteren Beispielen: Wenn draußen ein Auto vorbeifährt, es anfängt zu regnen oder wenn Eichhörnchen auf die Bäume klettern. Versteht ihr, was ich damit sagen will? Die Software ermöglicht es uns, Schritt für Schritt das Krächzen der Krähen zu entschlüsseln. Die Kapazität dieses Programms ist zwar begrenzt, aber Roy ist eifrig dabei, einen Nachfolger zu entwickeln, der uns weitere Aufschlüsse ermöglichen wird. Roy, zeig doch bitte noch mehr.«

»Jetzt wird es interessant«, ließ Justus verlauten, während der Computer-Experte mit wenigen Klicks eine neue Datei aufrief.

Auf dem linken Bildschirm erschien nun eine solche Sequenz, die Mr Dust soeben erwähnt hatte: der Forscher beim Hinaustragen des Hausmülls. Nachdem er vor die Tür getreten war, ertönte aus den Lautsprechern ein deutliches »KRA-KRAH --- KRAH – KRA«. Es folgte ein zweites Video mit demselben Vorgang und einem quasi identischen »KRA-KRAH --- KRAH – KRA«. Dann spielte Roy auf dem mittleren Monitor ein Video ab, in dem er selbst aus dem Haus trat. Das Krächzen, das gleichzeitig ertönte, war den beiden vorherigen sehr ähnlich. Aber die Tonkurven auf dem dritten Bildschirm zeigten bei der letzten ganz deutlich eine geringe Abweichung: »KRA-KRAH -- KRA – KRA«.

»Seht ihr, was ich meine?« Mr Dust wies auf die dritte Kurve. »Zwischen der Tonkurve, als ich aus dem Haus trete, und der, als Roy zum Müll geht, besteht der Unterschied, dass die Pause zwischen dem zweiten und dritten Krächzer zwanzig Millisekunden kürzer ist und der dritte Laut zehn Millisekunden früher abbricht.«

»Zehn Millisekunden früher abbricht?«, wiederholte Peter irritiert. »Im Vergleich zu den beiden oberen Kurven? Welche Schlussfolgerung ziehen Sie daraus?«

»Mit unserem Programm haben wir tausend andere Tonfrequenzen miteinander synchronisiert und abgeglichen. Darüber hinaus ist die Software imstande, aus den Ergebnissen eine Auflistung zu erstellen, welche Krächzer situationsbedingt einen passenden Sinn ergeben. Und aus den vielen Aufnahmen, in denen mal Roy, mal ich das Haus verlassen, hat die Abgleichung der Tonkurven eindeutig ergeben, dass mit der um zwanzig Millisekunden kürzeren Pause und dem folgenden, um zehn Millisekunden kürzeren Laut ›Roy‹ gemeint ist. Das heißt, die Krähen machen beim Krächzen einen Unterschied zwischen ›Gordon kommt‹ und ›Roy kommt‹.«

Bob strich sich aufgeregt durch die Haare und stammelte: »Das … das ist … jetzt nicht Ihr Ernst? Oder etwa … doch?«

Die beiden Männer nickten stumm.

Peters Puls begann sich zu beschleunigen. »Aber das würde ja bedeuten, dass –«

Mr Dust unterbrach den Zweiten Detektiv. »Und wir glauben, dass das erst Teilerfolge sind. Sobald Roy die Software erweitert hat, geht das Projekt ›Cawing Crows‹ in die wirklich heiße Phase über.«

»Was wiederum bedeutet?«, erkundigte sich Justus.

Mr Dust wischte sich erneut den Schweiß von der Stirn. »Wir gehen davon aus, dass unser Programm bereits in wenigen Wochen in der Lage sein wird, mit einer Art ›Krähenwörterbuch‹ das Krächzen simultan in menschliche Sprache zu übersetzen – punktum.«

Nach diesem Statement herrschte für einige Sekunden Stille. Justus war der Erste, der schließlich wieder das Wort ergriff. »Das wäre in der Tat äußerst erstaunlich. Könnten Sie uns vielleicht noch einige weitere Videosequenzen zeigen?«

»Sicher doch«, entgegnete der Forscher geschmeichelt. »Roy wird das übernehmen.« Er erhob sich vom Stuhl und stöhnte kurz auf. »Ich werde für etwas Frischluft sorgen. Hier drin ist es sogar noch heißer als draußen. Ich öffne im Nebenzimmer die Balkontür.«

»Ein vernünftiger Vorschlag!«, stimmte Mrs June beflissen zu. »Hoffentlich kann bald jemand kommen und die Klimaanlage reparieren. Wissenschaftliches Denken erfordert schließlich einen kühlen Kopf!«

Während der Computer-Experte ein weiteres Demo-Video abspielte und den Besuchern dazu einige Dinge erläuterte, begab sich Mr Dust durch eine Verbindungstür in den angrenzenden Raum. Kurz darauf war das Klacken einer Balkontür zu hören. Roy wies derweil auf die zwei Bildschirme, auf denen sich jeweils mehrere Rabenvögel mit einem Eichhörnchen zu streiten schienen. Aus den Lautsprechern ertönte ein schrilles KRAAA-KRA – KRAH-KRRAAA.

Und gleichzeitig erklangen Schreie. Menschliche Schreie, die jedoch nicht aus den Lautsprechern, sondern aus dem Nebenraum drangen.

»Nein, lass das! Geh weg! Nein, nicht! Hilfe! Hiiiiiiiilfe!«

Schritte polterten. Ein Möbelstück fiel krachend zu Boden.

Peter sprang auf und deutete zum Nebenraum. »Das ist Mr Dust!«

Zu fünft eilten sie hinüber und erstarrten. An der Balkontür stand der Forscher und versuchte, mit fuchtelnden Armen die aggressive Attacke einer Krähe abzuwehren.

Fassungslos

Mit wildem Flügelflattern hatte sich die Krähe an Mr Dusts Kragen festgekrallt und hackte mit ihrem spitzen Schnabel auf seinen Hinterkopf ein.

Mrs June war wie gelähmt und deutete mit weit aufgerissenen Augen zu einem runden Holztisch in der Ecke des Raumes. »Die Tischdecke! Ihr müsst sie über die Krähe werfen, dann verliert sie die Orientierung und lässt von ihm ab!«

Wieder reagierte der Zweite Detektiv zuerst. Mit zwei riesigen Schritten hechtete er zum Tisch, riss die Decke an sich und stülpte sie mit einer blitzschnellen Bewegung von hinten über den flatternden Vogel.

»KRA-KRA-KRA-KRAH-KRA-KRA-KRAH!«

Dann packte Peter durch die Decke hindurch das Tier, umklammerte es fest und riss das Bündel mit einem zügigen Ruck an sich.

»Du hast sie, Zweiter!«, rief Justus aufgeregt. »Und jetzt befördere das Vieh nach draußen!«

Peter steuerte zielstrebig auf den Balkon zu und entließ die Krähe in die Freiheit. Im direkten Flug flatterte sie auf den Pinienbaum zu und verschwand in dessen dicht bewachsener Krone. »Zu ärgerlich«, kommentierte er trocken, nachdem er das Zimmer wieder betreten und die Balkontür hinter sich verriegelt hatte. »Jetzt müssen wir wohl auf weitere Frischluft verzichten.«

»Bravo!«, applaudierte Mrs June. »Das war eine Meisterleistung! Jetzt durfte ich ja auch mal Zeuge davon sein, wie unerschrocken du dich in die Kampfarena begibst.«

»Und das bereits zum zweiten Mal.« Mr Dust massierte sich mit der Hand den Nacken und beruhigte sich langsam. »Uns beide scheint tatsächlich das Schicksal zusammengebracht zu haben. Dir gilt mein aufrichtigster Dank.«

»Peter, unser todesmutiger Krähenbezwinger!«, rief Bob voll des Lobes, während Justus sich mit ernstem Tonfall dem Forscher zuwandte.

»Sagen Sie, Mr Dust, wie ist es denn zu diesem Vorfall gekommen?«

»Nun ja … wie soll ich es sagen?« Verstört deutete der Forscher zu der geschlossenen Balkontür. »Ich wollte doch nur für etwas frische Luft sorgen. Ich öffnete die Tür, trat an die Brüstung heran, blickte in den Garten und mit einem Mal kam die Krähe aus der Baumkrone direkt auf mich zugeschossen. Zuerst ging ich davon aus, dass sie über das Dach hinwegfliegen würde, doch weit gefehlt! Auf der Zielgeraden visierte sie den Balkon an und kam immer näher, so schnell, dass mir kaum

Zeit zum Handeln blieb. Instinktiv drehte ich mich um und flüchtete in diesen Raum. Doch ehe ich dazu kam, hinter mir die Balkontür zu schließen, spürte ich die Krallen in meinem Nacken und schon hackte das Vieh mit seinem spitzen Schnabel auf mich ein. Wieder und immer wieder.«

Peter erschauderte und bekam eine Gänsehaut. »Es erweckt ja geradezu den Anschein, als hätten es diese Vögel tatsächlich auf Sie *persönlich* abgesehen.«

Mr Dust senkte den Kopf, dann nickte er. »Und genau das ist der Grund, weshalb ich Sie, Mrs June, inständig darum gebeten habe, diesem Haus fernzubleiben und unseren gegenseitigen Kontakt zumindest vorübergehend auf Eis zu legen.«

»Wie meinen Sie das?« Nervös wischte sich Mrs June übers Gesicht.

»Diese Rabenvögel sind intelligenter, als wir bisher angenommen haben. *Weitaus* intelligenter.«

»Dann reden Sie nicht länger um den heißen Brei herum und kommen endlich zu den Fakten, um die ich Sie nun schon so lange bitte!«

Der Erste Detektiv trat selbstbewusst einen Schritt auf Mr Dust zu und suchte den direkten Augenkontakt. »Gehe ich recht in der Annahme, dass Ihre üblen Vorahnungen auf dem gestrigen Krähenangriff im Palisades Park basieren? Und dass Sie sie durch das, was Roy Ihnen vorhin so aufgeregt gezeigt hat, bestätigt sehen?«

»Ganz richtig.« Mr Dust legte die Hand ans Kinn und bedachte seinen Mitarbeiter mit einem skeptischen Blick. »Offenbar haben wir nicht nur diese Rabenviecher, sondern auch unsere wissbegierigen Besucher unterschätzt.«

»Dafür können wir nichts«, entgegnete Justus ungerührt. »Und aus welchem Grund sehen Sie sich jetzt dazu veranlasst, die Vorsichtsmaßnahmen um eine weitere Stufe zu erhöhen?«

Mr Dust atmete tief durch. »In unserem gespeicherten Bild- und Tonarchiv befinden sich etliche Aufnahmen, in denen die Krähen Katzen, Hunde, Marder oder Waschbären angreifen. Wenn diese ihnen zu nahe kommen, um von ihnen etwas Fressbares abzubekommen, setzen sich die Vögel mit ihren Schnäbeln heftig zur Wehr.«

»Das alles ist mir bekannt!«, drängte Mrs June ungeduldig. »Worauf wollen Sie denn nun hinaus?«

»Das Krächzen, das die Krähen aussenden, sobald sich ihnen ein Feind nähert, weist dabei kontinuierlich das gleiche Tonmuster auf«, fuhr Mr Dust unbeirrt fort. »Und dies überträgt sich jetzt offenbar auf Roy und mich. Seit einigen Tagen nehmen die Krähen uns beide genauestens ins Visier. Dabei scheinen Sie uns aber nicht nur ständig zu beobachten, sondern auch noch zu belauschen.«

Bob konnte nicht glauben, was er hörte. »Moment mal … Wollen Sie uns etwa weismachen, dass diese Vögel im Gegenzug auch die menschliche Sprache verstehen?«

»Es ist die logische Schlussfolgerung dessen, was die Analysen der aktuellen Videoaufzeichnungen ergeben: Die Krähen haben Roy und mich zu ihren Feinden erklärt. Ihre Ausrufe, sobald wir dieses Haus betreten oder verlassen, sind unmissverständlich als Warnzeichen zu deuten. Und das aus einem – aus der Sicht der Krähen – für uns nachvollziehbaren Grund.«

Justus' Gehirn analysierte in Rekordgeschwindigkeit jeden von Mr Dusts Sätzen. »Sie gehen also davon aus, dass die Krähenattacken eine Reaktion auf das sind, was die Vögel hier zu Ihren Forschungen mitgehört haben?«

»Junge, Junge!«, staunte Mr Dust. »Du verfügst wirklich über eine bemerkenswerte Auffassungsgabe.« Er senkte die Stimme zu einem Flüstern. »Die Klimaanlage nebenan versagte exakt zum selben Zeitpunkt, als die eh schon heftigen Außentemperaturen plötzlich noch höher stiegen.«

»Das muss vor circa einer Woche gewesen sein«, überlegte der Zweite Detektiv.

Der Forscher nickte. »Daher sahen Roy und ich uns gezwungen, das Fenster zu öffnen, damit wir während unserer Arbeit an den Monitoren zumindest etwas Frischluft bekamen. Und einige Tage später, wie unsere Videoaufzeichnungen bestätigen, stießen die Krähen plötzlich diese Warnhinweise aus, sobald einer von uns vor dem Haus in Erscheinung trat.«

»Sie meinen doch nicht etwa, dass diese Vögel Sie angegriffen haben, weil … Ich meine …« Mrs June wagte nicht weiterzusprechen.

»Oh doch«, war sich Mr Dust seiner Sache sicher. »Seit Roy und ich mithilfe unseres Softwareprogramms der Krähensprache auf der Spur sind, verfügen wir bereits über dreimal so viele Datenauswertungen wie alle vorausgegangenen Studien. Und sobald Roys erweiterte Software zum Einsatz kommt, werden wir vermutlich in der Lage sein, das komplette Repertoire dieser Laute zu entschlüsseln.« Er machte eine kurze Pause, bevor er fortfuhr: »Das scheinen diese Krähen mitbekommen zu haben und nun mit allen ihnen zur Verfügung stehenden Mitteln verhindern zu wollen.«

»Augenblick«, kam Justus mit einem Mal die Erkenntnis. »Sie vermuten demnach, dass die Vögel in Ihrem Garten aufgrund der Krächzlaute aus den Lautsprechern, die durch das geöffnete Fenster bis nach draußen zu hören waren, begriffen haben, dass Sie auf dem Weg sind, ihren Verständigungscode zu knacken?«

»Genau«, bestätigte Mr Dust. »Kurz nachdem wir das Fenster geöffnet hatten und die gespeicherten Krähenlaute kontinuierlich nach außen drangen, erfolgten die Warnhinweise der Vögel, die eindeutig gegen Roy und mich gerichtet waren. Vorgestern erfolgte dann ein erster Angriffsversuch – drei Krähen schossen hinter mir her, als ich vom Haus zu meinem Auto ging. Aber offenbar ist der Weg von der Haustür bis zu meinem Wagen zu kurz, sie erwischten mich zum Glück nicht. Und das wiederum … muss sie veranlasst haben, beim nächsten Mal noch weiter zu gehen. Sie folgten meinem Fahrzeug stringent bis nach Rocky Beach, und was dort geschah, wissen wir alle.«

»Gab es danach noch weitere Attacken?«, erkundigte sich Bob mit einem beklemmenden Gefühl.

Mr Dust nickte. »Was meine Person betrifft, nicht. Aber

dafür hat es Roy ziemlich erwischt, gestern Abend. Als er mit seinem Motorrad von hier nach Hause fuhr.«

»Davon weiß ich ja noch gar nichts!«, rief Mrs June überrascht auf. »Was ist denn vorgefallen?«

Der Computer-Experte machte ein ernstes Gesicht. »Der Angriff kam völlig unerwartet, sprichwörtlich ›aus heiterem Himmel‹. Etwa ein Dutzend Krähen – angefühlt hat es sich eher wie hundert – kamen kurz vor der Kreuzung Union Place und Milton Road blitzartig herangeschossen und hackten, als wäre ich ein Stück Kuchen, wie besessen auf mich ein. Ich konnte gerade noch rechtzeitig bremsen, sprang vom Motorrad und zeigte diesen Biestern, dass ich mit meinen Fäusten durchaus in der Lage bin, mich erfolgreich zu wehren.«

»Wurden Sie dabei verletzt?«, fragte Peter.

»Zum Glück nicht. Ich trug die volle Motorrad-Kluft: Hose, Jacke, Handschuhe, Stiefel. Alles aus dickem Leder. Und gegen meinen Helm hatten sie eh keine Chance.« Er grinste breit. »Unter einem ›gefundenen Fressen‹ hatten die sich garantiert etwas anderes vorgestellt.«

»Roy hat mich nach diesem Anschlag natürlich gleich angerufen«, ließ Mr Dust seine Besucher wissen. »Und nachdem er mir alles geschildert hatte, brauchte ich nur noch eins und eins zusammenzuzählen, um die Ereignisse auf einen logischen Nenner zu bringen: Diese Krähenangriffe auf uns waren eine deutliche Botschaft: Beendet die Arbeiten eures Projekts. Ansonsten beenden wir euer Leben.«

Mrs June war kreidebleich geworden.

Mr Dust sah sie freundlich an. »Sie werden nun hoffentlich verstehen, weshalb ich gestern Abend die Entscheidung treffen musste, den Kontakt zu Ihnen vorübergehend einzustellen und Sie von allem, was mit dem Projekt in Zusammenhang steht, vorläufig zu entbinden. Damit nicht *Sie* als Nächste auf der Liste dieser angriffslustigen Tiere stehen. Ich darf Sie doch nicht unnötig in Gefahr bringen.«

»Gefahr …«, murmelte Mrs June. »Seit wann sind Krähen denn unsere Feinde?«

Fruchtbare Verhandlung

»Wir dürfen kein Risiko eingehen«, bekräftigte Mr Dust nochmals seinen Entschluss. »Nachdem ich mir gestern sicher war, wodurch diese Krähen erfahren haben, dass wir daran sitzen, ihren Verständigungscode zu entschlüsseln, habe ich heute vorsorglich das Fenster geschlossen gehalten und die Jalousie herabgelassen. Dadurch dachte ich die Krähen von jeder weiteren Informationsquelle abschneiden zu können. Kein Einblick von außen, keine akustischen Signale. Die Krähen sollten den Eindruck bekommen, dass wir ihre Warnung ernst genommen und die Projektarbeit eingestellt haben. Dummerweise war ich aber vorhin so töricht, anzunehmen, dass es nicht weiter von Belang sei, hier im Nebenraum für einen kurzen Moment die Balkontür zu öffnen, um uns allen ein wenig frische Atemluft zu gönnen. Ich hatte nicht damit gerechnet, dass die Krähenlaute, die zur selben Zeit von nebenan aus den Lautsprechern ertönten, selbst von hier aus, auch bis in den Garten zu hören seien. Meinerseits ein schwerer Fehler.«

Justus knetete nachdenklich seine Unterlippe. »Wenn wir davon ausgehen, dass Sie mit Ihrer Theorie recht haben, Sir, stellt sich mir als Nächstes die Frage des ›Warum‹.«

Peter horchte irritiert auf. »Des ›Warum‹? Wie meinst du das, Erster?«

Justus sah seinen Freund an. »Liegt das nicht auf der Hand? Angenommen, diese intelligenten Tiere haben tatsächlich begriffen, dass Mr Dust und Mr Hancock kurz davor stehen, den Code ihrer Kommunikation vollständig zu entschlüsseln. Dann könnte dies die Attacken auf die beiden erklären, aber es bleibt die Frage, *warum* die Krähen nicht wollen, dass die Menschen sie verstehen.«

Nach diesen Worten blickte Mr Dust verunsichert zu Boden. »Ich muss euch etwas gestehen, Jungs, und auch Ihnen, Mrs June …«

Die ältere Dame trat einen Schritt näher und legte ihre Hand auf Mr Dusts Schulter. »Sprechen Sie.«

»Roy und ich haben bereits mehr Fortschritte erzielt, als wir Ihnen bisher gestanden haben. Die Intelligenz dieser Vögel ist nahezu beängstigend. Ihre Kommunikation untereinander weist eine frappierende Ähnlichkeit mit unserer menschlichen Sprachfähigkeit auf. Zudem sind sie zum Teil auch in der Lage, aus komplizierten Vorgängen und Ereignissen Rückschlüsse zu ziehen und derart schnell darauf zu reagieren, dass es einem den Atem raubt.«

»Und was wollen Sie uns nun damit *gestehen*?«, erinnerte Peter den Forscher an seine Ankündigung.

»Roy sitzt Tag und Nacht an der Erweiterung der Software. Daher wird die Programmierung erheblich schneller abgeschlossen sein, als ich vorhin geäußert habe. Dementsprechend wird sich, wenn alles glattläuft, bereits schon in wenigen Tagen zeigen, *weshalb* uns diese Vögel attackieren.«

»Und irgendetwas scheint Sie daran extrem zu beunruhigen«, bohrte Bob weiter nach.

Mr Dust wischte sich die Schweißperlen von der Stirn. »Wir glauben, dass die Krähen etwas wissen, das wir Menschen nicht erfahren sollen. Das lassen die letzten Auswertungen des Kommunikationsprogramms vermuten.« Er musste kurz schlucken. »Und sosehr ich das herausfinden möchte, habe ich doch die Sorge, dass diese Krähen etwas gegen uns unternehmen werden, sobald wir ihr Geheimnis aufgedeckt haben …«

Mrs June straffte sich mit einem Mal. »Wir dürfen uns nicht einschüchtern lassen und müssen dranbleiben! Was haben diese gefiederten Geschöpfe miteinander zu besprechen? Was beschäftigt sie und geht in ihren Köpfen vor?« Ihr Gesicht glühte jetzt beinahe. »Und jetzt stehen wir kurz vor dem Durchbruch, die alles umfassende Wahrheit zu erfahren. Ich will es wissen, ganz gleich, ob es den Krähen nun passt oder nicht!«

Mr Dust entledigte sich seines Jacketts und warf das durchgeschwitzte Kleidungsstück quer durch den Raum auf den runden Holztisch. Dann atmete er tief durch. »Also schön, Mrs June, ich habe Ihren Wissensdrang und Ihre Hartnäckigkeit wohl bei Weitem unterschätzt. Sie bleiben mit im Boot und werden auch weiterhin von mir mit allen neuesten Erkenntnissen und Informationen versorgt. Dennoch halte ich es nach wie vor für Sie für ratsam, vorerst nicht mehr hier aufzutauchen, zumindest so lange, bis wir eine Lösung gefunden haben, wie wir dem Problem mit den Krähenangriffen begegnen können. Bis dahin sollten wir uns ausschließlich auf den telefonischen Kontakt und den Austausch von E-Mails beschränken. Können Sie damit leben?«

»Man kann wohl keine fruchtbaren Verhandlungen führen, ohne sich dabei auf Kompromisse einzulassen«, urteilte sie zufrieden und stimmte der Vereinbarung zu.

Mr Dust nickte. »Schön, dann ist zwischen uns ja nun alles wieder geregelt.« Dann wandte er sich den Jungen zu. »Hoffentlich seid ihr nicht allzu enttäuscht darüber, dass es hier nichts für Detektive zu ermitteln gab, aber ich gehe mal davon aus, dass sich für euch der Weg hierher trotzdem gelohnt hat. So eine interessante naturwissenschaftliche Darbietung kriegt schließlich nicht jeder zu sehen.« Er schickte sich an, seinen Besuchern zur Verabschiedung die Hand zu reichen, als Mrs June ein demonstratives Räuspern von sich gab.

»Wo Sie von Detektivarbeit sprechen: Sie sind noch gar nicht näher auf meine Befürchtung eingegangen, die ich zum Thema ›Beschattung‹ geäußert habe.«

Mr Dust zog irritiert die Stirn in Falten. »Helfen Sie mir bitte auf die Sprünge. Ich kann Ihnen gerade nicht folgen.«

»Kennen Sie eine Frau, auf die folgende Beschreibung zutrifft? Mittleres Alter, schlank, blonde Hochsteckfrisur und in einen dunklen Overall gekleidet?«

Der Forscher dachte kurz nach und reagierte mit einem mehrmaligen Schulterzucken. »Das sagt mir momentan gar nichts. Dir, Roy?«

Der Computer-Experte schüttelte den Kopf. »Tut mir leid. Da muss ich passen. Was ist denn mit ihr?«

»Als ich heute Morgen einen Spaziergang machte und dabei hier am Haus vorbeiging, wurde ich von der Straße aus auf sie aufmerksam. Sie lungerte in ihrem Vorgarten herum und pirschte sich durch die Büsche näher an das Haus heran. Dann zog sie ihr Handy hervor und schoss mehrere Fotos. Das Fenster zu dem Raum, in dem wir uns gerade befinden, schien es ihr dabei besonders angetan zu haben. Danach verschwand sie in den Büschen.«

Roy machte ein skeptisches Gesicht. »Aus welchem Grund sollte sie das getan haben?«

»Die Antwort darauf erhoffte ich mir von Ihnen«, entgegnete Mrs June mit gehobenen Augenbrauen. »Aber da Sie die Frau offenbar nicht kennen, liegt die Vermutung nahe, dass sie eine Art Spionin ist, oder? Deshalb sollten wir unsere Wachsamkeit zukünftig nicht nur auf die Krähen richten. Stichwort ›Konkurrenz‹ …«

Justus warf Mrs June unauffällig einen strafenden Blick zu. Ihm missfiel es ungemein, dass sich die alte Dame erneut nicht an die Abmachung gehalten hatte, die sie gemeinsam vereinbart hatten. Dennoch versuchte er, die nun entstandene Situation für sich zu nutzen, und bedachte Mr Dust und Mr Hancock mit prüfenden Blicken. Ihren Reaktionen auf Mrs Junes vorschnelle Äußerung war jedoch nicht zu entnehmen, dass sie beunruhigt schienen. Justus hatte sogar eher den Eindruck, als würden sie den Worten der alten Dame keinen Glauben schenken. Aber ganz sicher war er sich auch nicht.

Abstraktes Denken

Nachdem die drei ??? und Mrs June Mr Dusts Anwesen verlassen hatten und auf die Straße getreten waren, ließ der Erste Detektiv seinem Ärger freien Lauf und stellte ihre Klientin zur Rede. »Ich kann ja verstehen, dass diese ganze Sache Sie zutiefst beunruhigt, aber ebenso sollten Sie auch zur Kenntnis nehmen, dass es unseren Ermittlungen in keinster Weise dienlich ist, wenn Sie entgegen unserer Abmachungen handeln und uns dadurch unnötig Steine in den Weg legen. War es denn so zwingend notwendig, Mr Dust und seinem Mitarbeiter über den Vorfall mit der –«

Plötzlich zuckte Peter zusammen und stieß einen überraschten Laut aus.

»Was hast du, Zweiter?«, fragte Justus verwundert.

Peter wandte sich der alten Dame zu und senkte die Stimme. »Diese seltsame Frau, die Sie in Mr Dusts Garten beim heimlichen Fotografieren beobachtet haben, trug die nicht eine blonde Hochsteckfrisur und einen schwarzen Overall?«

»Das ist zweifellos richtig.« Mrs June blickte Peter an. »Aber wieso fragst du mich das so plötzlich?«

Der Zweite Detektiv deutete unauffällig zu einem dunklen Holzzaun auf der anderen Straßenseite. »Die Frau, die dort lehnt – ist sie das?«

Hastig griff Mrs June nach ihrer Handtasche, zog daraus eine Brille hervor und setzte sich diese auf die Nase. »Sie ist es! Himmel, das ist sie!« Aufgeregt schnappte die alte Dame nach Luft.

»Just, was machen wir jetzt?« Bob wurde ebenfalls nervös. »Stellen wir sie zur Rede? Die Gelegenheit müssen wir doch nutzen!«

»Lasst mich kurz überlegen, Kollegen«, flüsterte der Erste Detektiv leise. »Wir können sie auch heimlich beschatten, obwohl es vielleicht klüger wäre –«

In diesem Moment bemerkte die Frau anscheinend, dass sie von den vieren beobachtet wurde. Impulsiv stieß sie sich vom Zaun ab und setzte sich mit schnellem Lauf in Bewegung Richtung Strandpromenade.

»Die greif ich mir!« Peter handelte sofort und überquerte im Sprinttempo die Fahrbahn.

»Wir folgen ihm«, entschied Justus. »Sie, Mrs June, gehen nach Hause und warten dort auf uns!«

Die alte Dame zitterte vor Aufregung. »Jaja, los doch! Sie darf euch nicht entkommen!«

Justus gab sein Bestes, um mit Bob Schritt zu halten. Doch dieser hatte ihn bereits an der nächsten Straßenecke weit abgehängt. Dennoch gab der Erste Detektiv nicht auf und rannte hechelnd weiter. Als er jedoch den nächsten Häuserblock erreichte, registrierte er es schon von Weitem: Peter und Bob verharrten vor einem Hotdog-Stand und machten ziemlich enttäuschte Gesichter. Schnaufend und völlig außer Atem kam Justus hinzu.

»Das war wohl nichts«, musste Peter eingestehen. »Diese Frau war nicht einzuholen. Dort vorn an der Bushaltestelle parkte ihr Motorrad. Aus dem Lauf heraus hat sie sich auf den Sitz geschwungen und ist davongeprescht. Aus der Entfernung habe ich noch nicht mal das Kennzeichen erkannt.« Missmutig blies der Zweite Detektiv die Wangen auf.

»Und was machen wir jetzt?«, fragte Bob resigniert.

»Zunächst Mrs June von unserem Misserfolg in Kenntnis setzen.« Justus war klitschnass geschwitzt. »Trotzdem bin ich mir sicher, dass wir dieser Frau noch ein weiteres Mal begegnen werden.«

Nachdem die drei ??? Mrs June alles berichtet und sich dann von ihr verabschiedet hatten, fuhren sie auf direktem Weg nach Rocky Beach zurück. Peter hatte seiner Mutter fest zugesagt, den Rasen zu mähen, während Justus dem Versprechen nachkommen musste, für seine Tante noch einige Einkäufe im Supermarkt zu erledigen. Bob hingegen hatte keine Verpflichtungen, so dachte er zumindest. Der Erste Detektiv beauftragte ihn allerdings damit, im Internet alles Wissenswerte über die Kommunikation unter Rabenvögeln in Erfahrung zu bringen, und vereinbarte mit seinen Freunden am frühen Abend eine Zusammenkunft in ihrer Zentrale.

Obwohl es draußen bereits zu dämmern begann, herrschte noch immer eine unerträgliche Hitze. Peter traf als Letzter in der Zentrale ein. Er ließ sich erschöpft in den Sessel plumpsen und drehte den kleinen Tischventilator neben sich in seine Richtung, sodass ihm die kühle Luft direkt ins Gesicht blies. Dann zog er sein Handy hervor und begann, hektisch auf der Tastatur herumzudrücken.

Justus hatte gerade die Tür des Kühlschranks geschlossen. Er hielt drei Limonadendosen in der Hand und überreichte seinen Freunden jeweils mit großer Geste das Erfrischungsgetränk. Bob saß am Rechner und leerte die Dose mit wenigen Schlucken.

»Dauert das noch lange, Zweiter?«, erkundigte sich Justus spitz. »Deine Finger scheinen ja am Handy zu kleben.«

»Warte kurz … einen Satz noch … So, fertig!« Schnell ließ Peter das Handy in seiner Tasche verschwinden und bedachte seine Freunde mit einem Unschuldsblick. »War wirklich wichtig. Ich musste eine Nachricht von Jeffrey beantworten. Jetzt haben wir uns wieder zusammengerauft und sind übermorgen Vormittag fest zum Surfen verabredet.«

»Na, dann.« Der Erste Detektiv setzte sich im Schneidersitz auf den Boden. »Also, Kollegen, jetzt, wo wir vollzählig sind und jeder von uns Zeit hatte, den Besuch bei Mr Dust noch einmal vor dem geistigen Auge Revue passieren zu lassen, bin ich auf euer Urteil gespannt. Was haltet ihr von der ganzen Geschichte, insbesondere dem Projekt ›Cawing Crows‹?«

»Also aus meiner Sicht sind Mrs June und Mr Dust sehr spezielle Typen«, ließ Peter sich nicht lange bitten. »Und was die *Krächzenden Krähen* angeht, finde ich die Sache schon recht … bizarr und auf eine gewisse Weise auch bedrohlich, wenn ihr versteht, was ich meine.«

»Das sah ich ähnlich«, pflichtete der dritte Detektiv ihm bei. »Und so hundertprozentig überzeugen konnte mich diese Forschungssache zunächst auch nicht. Aber nachdem ich mich hier vor ein paar Stunden an den Rechner gesetzt hatte, musste ich meine anfängliche Skepsis schon nach wenigen Minuten aufgeben.«

Peter zerdrückte seine leere Dose mit einem lauten Knacken. »Inwiefern?«

»Bei meiner Recherche zum Thema ›Krähensprache‹ bin ich im Netz auf einige interessante Artikel gestoßen. Die aufschlussreichsten habe ich gespeichert.« Bob wandte sich wieder dem Monitor zu und rutschte mit der Maus über das Pad. »Hier steht beispielsweise, dass Krähen tatsächlich über umfangreiche Ausdrucksmöglichkeiten verfügen, mit vielen verschiedenen ein- und auch mehrsilbigen Lauten. Wissenschaftler haben diese Laute über Jahre hinweg studiert und herausgefunden, dass sich diese Vögel nicht nur viel zu erzählen haben, sondern dass ihre Laute auch Informationen über das Alter und das Geschlecht des jeweiligen Tiers beinhalten. Zudem können Krähen sehr gut Laute anderer Tierarten nachahmen. Das Grunzen von Wildschweinen, gurrende Tauben oder Hundegebell. Sie können sogar technische Geräusche, wie Klingeltöne, Sirenen oder Autohupen, fast perfekt imitieren.« Der dritte Detektiv rief eine weitere Seite auf. »Dieser Artikel ist besonders spannend. Darin steht, dass Krähen aufmerksam beobachten, überlegen, Situationen abschätzen und uns Menschen manchmal sogar einen Schritt voraus zu sein scheinen. Außerdem heißt es: ›Sie können sich im Spiegel erkennen und haben demnach eine Vorstellung von sich selbst.‹«

Peter zog die Knie an sich heran. »Das klingt doch wirklich auch ein bisschen gruselig …«

»Ich bin noch nicht fertig, Freunde«, entgegnete Bob. »Krähen begreifen zudem versteckte Zusammenhänge und sind in der Lage, Schlussfolgerungen zu ziehen. Das war bislang nur von Primaten bekannt. Weitere Experimente haben bewiesen, dass Krähen vorausdenken, also sich ein Ereignis, das vielleicht in Zukunft eintritt, vorstellen können. So wie wir zum Beispiel eine Aktion im Geist durchspielen, bevor wir handeln. Sie verfügen über ein außergewöhnliches Gedächtnis. Sie können sich unsere Gesichter merken und erinnern sich an böses oder gutes Verhalten der Menschen. Das geben sie dann sogar untereinander weiter: Ein schlechter Ruf spricht sich in Krähenkreisen schnell herum. So wissen auch unbeteiligte Krähen, vor wem sie sich in Acht nehmen müssen.« Der dritte Detektiv wandte sich wieder Peter und Justus zu. »Die Informationen aus dem Netz entsprechen also den Forschungsergebnissen, auf denen das Projekt ›Cawing Crows‹ aufbaut. Und gerade die letzte Info passt auch genau zu dem, was Mr Dust und Mr Hancock glauben herausgefunden zu haben. Das, was die beiden da betreiben, ist demnach wohl eine ernst zu nehmende, naturwissenschaftliche Studie.«

»Wovon auch Mrs June überzeugt ist.«

Peter stutzte. »Was meinst du mit ›auch‹, Justus? Du etwa nicht?«

Der Erste Detektiv kratzte sich nachdenklich am Kopf. »Irgendetwas an dieser Geschichte passt nicht ins Gesamtbild, Kollegen. Ich komme momentan nur nicht darauf, was. Mir kommt einfach der gesamte Ablauf aller bisherigen Begebenheiten seltsam und auf eine gewisse Art beinahe skurril vor.«

»Skurril?« Bob blickte entgeistert auf.

»Aus mir unerfindlichen Gründen kann ich mich des Eindrucks nicht erwehren, einer Inszenierung aufgesessen zu sein«, sprach Justus seine Zweifel aus. »Alles passte bestens zueinander: der anfängliche Krähenangriff im Palisades Park, bei dem Mr Dust zufällig seine Brieftasche mit – ausschließlich – seinem Bibliotheksausweis verloren hat. Der darauffolgende Zeitungsartikel in der *Malibu Today*. Mrs Junes Anruf in der Zentrale und ihre Aufregung darüber, dass Mr Dust ihr ohne Erklärung von jetzt auf gleich die Kündigung ausgesprochen hatte. Dann die seltsame Fotografin in Mr Dusts Garten und Mrs Junes Verdacht, dass es irgendein Geheimdienst womöglich auf das Projekt abgesehen haben könnte. Ihre Bitte, dass wir den Fall übernehmen, und vor allem die gesamten Vorgänge, die wir in Mr Dusts Villa miterleben durften: Mr Hancocks Alarmruf, die angeblich streng geheime Videodemonstration, der wir dennoch beiwohnen durften, bis hin zu dem erneuten Krähenangriff auf Mr Dusts Balkon und der Wiederaufnahme von Mrs June als Beteiligte des Projekts.« Der Erste Detektiv atmete tief aus. »Muss ich noch deutlicher werden, Kollegen?«

Peter machte eine abwehrende Handbewegung. »Nein, nein, ich weiß jetzt, worauf du hinauswillst, Justus: Die ganzen Vorfälle liefen nacheinander auffallend reibungslos ab, fast wie in einem Kriminalroman. Wir brauchten bislang auch gar nichts zu ermitteln, außer Mr Dusts Adresse herauszufinden, um ihm die verlorene Brieftasche wieder auszuhändigen. Alles andere ergab sich dann von selbst.«

»Ich kann eure Zweifel nachvollziehen«, klinkte sich Bob in die Debatte ein. »Mal angenommen, es handelt sich bei der ganzen Geschichte tatsächlich nur um eine Inszenierung. Dann stellen sich mir zwei Fragen: Wer hat sie veranstaltet und welches Motiv steckt dahinter?«

In der Sackgasse

»Noch ist das alles ja nur eine Theorie, Kollegen«, gab Justus zu bedenken. »Ein Gedankenspiel, das lediglich darauf fußt, dass wir als Detektive stets *alle* seltsamen Vorgänge mit Argwohn betrachten. Vom rationalen Standpunkt aus gesehen, sticht mir tatsächlich kein Argument ins Auge, das unserer Verdachtsvermutung Nahrung bietet.«

»Was übersetzt *was* bedeuten soll, Erster?«, hinterfragte Peter sarkastisch. Er konnte es nicht ausstehen, wenn Justus zu dozieren begann und sich dabei *mehr* als umständlich ausdrückte.

»Wenn wir uns zunächst auf Bobs erste Frage beziehen, wer zu den Akteuren dieser mutmaßlichen Inszenierung gehören könnte, stehen natürlich Gordon Dust und sein Kollege Roy Hancock ganz oben auf der Liste«, fuhr Justus mit verständlicheren Worten fort. »Sie prophezeiten uns, und allen voran Mrs June, ja ein recht düsteres Bild, was uns in puncto ›Krähen‹ angeblich unmittelbar bevorsteht und nahezu unausweichlich scheint. Aber je länger ich über diese Aussagen nachdenke, desto unseriöser erscheinen sie mir, sodass ich bereits deshalb auch den Wahrheitsgehalt der anderen Vorfälle stark in Zweifel ziehe. Womit ich auch schon auf Bobs zweite Frage, welches Motiv dahinterstecken könnte, eingehen möchte.«

»Warte kurz«, forderte Peter ein. »Nur noch mal zur Sicherheit: Du hältst es tatsächlich für wahrscheinlich, dass das ganze Projekt ›Cawing Crows‹ nur ein einziger Schwindel ist, den Mr Dust und sein Kollege Mrs June da auftischen?«

Justus nickte. »Was uns der Computer-Experte über die Lautsprecher und Monitore präsentiert hat, war zwar recht eindrucksvoll, hat mich aber nicht von Mr Dusts These überzeugen können, dass die Krähen irgendetwas ›wissen, was wir Menschen nicht erfahren dürfen‹.«

»Und wie sieht es mit den Krähenangriffen auf die beiden aus?«, hakte Peter nach. »Denkst du da auch an einen Schwindel? Die Attacke im Palisades Park hättest du miterleben sollen, Erster. Der Angriff auf Mr Dusts Balkon war dagegen fast harmlos. Ich habe Blut und Wasser geschwitzt, als der Forscher laut schreiend auf dem Rasen lag und die Krähen wie besessen auf ihn einhackten. Es war beinahe so wie in dem Horrorklassiker ›Die Vögel‹ von Alfred Hitchcock, als diese Vogelschwärme die kleine Küstenstadt angreifen und über die Menschen herfallen. Die Attacken auf Mr Dust waren aber sehr real, Justus!«

»Ich weiß«, musste der Erste Detektiv zähneknirschend eingestehen. »Und selbst, wenn auch hinter diesen Angriffen ein Trick stecken sollte, fehlt uns noch immer das ausschlaggebende Motiv, womit ich nun wirklich zu Bobs zweiter Frage kommen möchte. Als Erstes kam mir natürlich in den Sinn, dass es Mr Dust und Mr Hancock darauf anlegen würden, Mrs Junes Leichtgläubigkeit auszunutzen und sie dahin zu bewegen, das Projekt mit finanziellen Mitteln großzügig zu unterstützen.«

»Aber diese These können wir von unserer Liste streichen«, unterbrach Bob Justus in seinem Redefluss. »Mrs June hat uns gegenüber ausdrücklich betont, dass Mr Dust jegliche Geldspenden von ihr kategorisch abgelehnt hat. Und denkt dran, dass nicht nur unsere Auftraggeberin, sondern dass auch Mr Dust ein feudales Anwesen bewohnt. Finanziell scheinen mir daher *beide* Personen recht betucht zu sein.«

»So macht es zumindest den Anschein«, sagte Justus leise.

Peter schwitzte aus allen Poren und erhob sich stöhnend vom Sessel. »Ist euch auch so heiß, Leute? Ich brauche unbedingt noch eine Erfrischung. Ist noch Limo im Kühlschrank?«

»Ich muss dich leider enttäuschen, Zweiter«, entgegnete Justus und deutete mit Leidensmiene zum Spülbecken hinüber. »Unsere einzige Erfrischungsquelle ist momentan der Wasserhahn.«

Peter verzog missmutig das Gesicht. »Was soll's, ist schließlich auch gesünder.« Nachdem er einige Schlucke genommen hatte, wischte er sich über den Mund und überlegte kurz. »Da wäre übrigens noch etwas ...«

»Wir hören«, entgegnete Justus leicht genervt. Ihm missfiel

es, dass seine Verdachtstheorie nach und nach wie ein Kartenhaus in sich zusammenbrach.

»Habt ihr schon mal daran gedacht, dass auch Mrs June eine Verdächtige sein könnte?«, setzte Peter an. »Und die Frau in Mr Dusts Vorgarten, wie passt sie in die Geschichte? Ist sie wirklich eine Spionin? Für welchen Auftraggeber? Und könnte das tatsächlich auch Mr Dust sein, wie Mrs June gesagt hat? Oder Mr Hancock allein, der die Frau ohne Mr Dusts Wissen damit beauftragt hat, ihre –«

»Jetzt reicht es aber, Leute.« Bob schlug erregt die Hände zusammen. »Merkt ihr eigentlich, dass wir uns die ganze Zeit im Kreis drehen? Inszenierung ja – Inszenierung nein, wer ist Akteur und wer Zuschauer … Wir befinden uns in einer Sackgasse, klammern dabei aber einen Aspekt vollkommen aus.«

Justus hob überrascht den Kopf. »Und der wäre?«

»Dass wir mit unserer Debatte auf keinen grünen Zweig kommen, könnte doch auch schlicht und ergreifend daran liegen, dass wir zu verbohrt sind und einfach nicht wahrhaben wollen, dass es mit dem Projekt ›Cawing Crows‹ tatsächlich seine Richtigkeit hat und alles der Wahrheit entspricht, was Mr Dust und sein Kollege da von sich gegeben haben.«

»Gegen diese Theorie lege ich ein Veto ein!«, wetterte Justus im Brustton der Überzeugung. »Irgendetwas stinkt an dieser ganzen Sache gewaltig und notfalls werde ich den Fall auch ohne eure Mithilfe lösen.«

Bob glaubte, sich verhört zu haben. »Soll das ein Witz sein, Erster? Beruhige dich mal, selbstverständlich ermitteln die drei

Detektive gemeinsam. Nur sag uns bitte, welcher Spur wir deiner Meinung nach als Nächstes nachgehen könnten. Mir würde dabei nur einfallen, uns auf Mr Dusts Anwesen auf die Lauer zu legen und darauf zu hoffen, dass dort diese ominöse Frau noch einmal auftaucht. Wollen wir uns vielleicht *darauf* einigen?«

»Ich halte es eher für unwahrscheinlich, dass sich die vermeintliche ›Geheimagentin‹ in Kürze dort noch einmal blicken lässt«, schlug Justus nun sanftere Töne an. »Ich schlage daher ein anderes Terrain vor, wo wir mit unseren Ermittlungen weitermachen.«

Bob sah überrascht auf. »Was meinst du damit?«

»Soweit ich mich erinnere, ist Mr Dust, als wir ihm die Brieftasche zurückgegeben haben, ziemlich ungehalten der Frage ausgewichen, um welche Bücher es sich genau handeln würde, die er sich aus der Stadtbibliothek Malibu ausleihen wollte.«

»Ja, das ist richtig«, rief sich Bob ins Gedächtnis zurück. »Aber *ungehalten* finde ich nicht ganz die passende Umschreibung für das, wie er reagiert hat. Ich habe sein Verhalten eher als *erschrocken* empfunden.«

»Umso besser«, entgegnete Justus triumphierend. »Und daher übernimm doch bitte folgende Aufgabe: Fahre morgen Vormittag nach Malibu zur Stadtbibliothek und versuche möglichst unauffällig herauszufinden, um welche Bücher es sich genau gehandelt hat, deren Titel uns Mr Dust nicht verraten wollte. Beantrage am besten vor Ort eine Mitgliedschaft und leihe dir die Bücher ebenfalls aus.«

»Habe verstanden«, entgegnete Bob. »Glaubst du denn, irgendwelche Erkenntnisse aus den Büchern ziehen zu können, die uns in unserem Fall weiterbringen?«

»Warum nicht?«, blieb Justus hoffnungsvoll. »Mr Dust wird schon seinen Grund gehabt haben, weshalb er so vor uns in Verlegenheit geraten ist …«

Rückzug

Als Justus und Peter am folgenden Vormittag in der Zentrale eintrafen, war Bob noch unterwegs.

Der Zweite Detektiv ließ sich erschöpft in den Sessel sinken und streckte die Beine weit von sich. »Wie heiß soll es denn noch werden? Wenn das zu einem Dauerzustand wird, sollten wir überlegen, auszuwandern, Justus. Mir würde da der Nordpol vorschweben. Dort wird es jetzt angenehm kühl sein, jede Wette!«

»Dort wird es aber für Detektive gewiss nicht viel zu ermitteln geben«, mutmaßte Justus und schaltete den Tischventilator auf höchste Stufe.

»Hoffentlich kommt Bob bald, bevor wir hier drin noch zu Tode gegrillt werden. Weißt du zufällig, wann er sich heute Morgen auf den Weg nach Malibu gemacht hat? Falls nicht, kannst du ihn ja mal anrufen und fragen, wie lange er noch –«

»Still!« Abrupt hatte Justus die Hand gehoben und spitzte

die Ohren. »Wenn mich nicht alles täuscht, ist das sein Käfer, der gerade auf den Schrottplatz fährt …«

»Er ist es«, bestätigte Peter und grinste. »Das Klappern und Scheppern dieser alten Kiste ist unverkennbar.«

Kurz darauf öffnete sich die Bodenluke und Bob kletterte in die Zentrale. »Da bin ich, Freunde!«

»Und?«, fragte Justus. »Bist du erfolgreich gewesen?«

»Kann man wohl sagen, Erster! Doch bevor ich zu meinen Ergebnissen in der Bibliothek komme, muss ich euch Folgendes berichten: Auf dem Weg dorthin habe ich getankt, die Anzeige stand schon auf Reserve. Als ich gerade den Laden betreten wollte, um zu bezahlen, kam überraschend Mr Dusts Mitarbeiter auf seinem Motorrad herangeknattert, weil er wohl ebenfalls tanken musste. Er hat mich ganz freudig begrüßt und wir haben uns ein bisschen unterhalten. Wie man das halt so macht. Doch als ich mich von ihm verabschieden wollte, brannte ihm anscheinend noch etwas Wichtiges unter den Nägeln, was er dringend loswerden wollte.«

Justus horchte überrascht auf. »Und das wäre?«

»Eigenartigerweise kam er auf Mrs Junes unüberlegte Bemerkung über die seltsame Frau zu sprechen, die angeblich Mr Dusts Anwesen observieren würde.«

»*Angeblich*?«, hakte Justus nach. »Hat er sich tatsächlich so ausgedrückt?«

Bob nickte. »Wortwörtlich! Und gleich werdet ihr auch wissen, warum.«

»Dann lass dich nicht lange bitten und mach nicht auf

›Justus Jonas‹«, drängte Peter ungeduldig. »Komm ohne große Umschweife zur Sache!«

Bob grinste. »Schon verstanden. Also: Mr Hancock hat mich ins Vertrauen gezogen und uns, was Mrs June betrifft, geraten, nicht eins zu eins zu glauben, was die alte Dame so alles von sich gibt. Besonders über andere Frauen.«

Justus hob die Augenbrauen. »Wollte er damit auf die Person anspielen, die Mr Dusts Haus beobachtet?«

»Den Eindruck hatte ich zumindest, Erster. Und dann packte er eine Sache aus, die mich echt von den Socken gehauen hat, obwohl ich sie selbst auch mal kurz im Kopf gehabt, aber dann nicht weiterverfolgt habe.«

»Die da wäre?« Peter begann unruhig mit dem Fuß zu wippen.

»Mr Hancock und Mr Dust hegen die starke Vermutung, dass sich unsere Klientin in Mr Dust verliebt hat und sich tatsächlich ernsthaft Hoffnungen macht.«

Justus blieb perplex der Mund offen stehen. »Das hat Mr Hancock dir gegenüber so geäußert? Woraus schließen die beiden Männer das?«

»Nun ja …«, entgegnete Bob mit einem Schmunzeln. »Hin und wieder soll Mrs June den beiden Kuchen oder Torte mitbringen, wobei die alte Dame es wohl immer so einrichtet, dass Mr Dust *die* Teile erhält, die mit Zuckerherzen bestreut oder glasiert sind. Außerdem hat Mr Hancock erzählt, dass Mrs June ihn schon mehrmals über Mr Dusts ›Beziehungsstatus‹ ausgequetscht hat und dabei ziemlich hartnäckig gewesen ist. Daher gehen die beiden davon aus, dass Mrs June in die seltsame Frau, die das Haus fotografiert hat, mehr hineininterpretiert und es sich bei ihr wohl nur um eine harmlose Touristin gehandelt hat. Pure Eifersucht also.«

Justus zupfte nachdenklich an seiner Unterlippe. »Du hast Mr Hancock gegenüber hoffentlich nicht erwähnt, dass wir diese Frau ebenfalls gesehen und anschließend sogar verfolgt haben, oder?«

»Ich bin ja nicht blöd, Erster. Trotzdem sollten wir uns fragen, in welchem Gefühlszustand sich unsere Klientin tatsächlich befindet und inwiefern wir ihren Worten Glauben schenken können.«

»Selbst wenn Mr Dusts Mitarbeiter mit seiner Vermutung richtigliegen sollte, vertrete ich den Standpunkt, dass es Mrs Junes Privatsache ist, was sie für Mr Dust empfindet. Das spielt momentan für mich in diesem Fall nur eine untergeordnete Rolle«, entgegnete Justus bestimmt. »Wenden wir uns daher vorerst deinen Ermittlungen in der Bibliothek zu. Was hast du dort herausfinden können, Bob?«

»Da hattest du mal wieder den richtigen Riecher, Erster!« Bob streifte seinen Rucksack ab und machte sich sogleich daran, die Riemen zu öffnen. »Mit meinem angeborenen Charme war es spielend leicht, die Bibliothekarin alle Gesetze des Datenschutzes vergessen zu lassen. Ich habe die beiden Bücher, um die es geht! Ehrlich gesagt, bin ich noch immer ziemlich sprachlos, um welche Titel es sich dabei handelt. Zuerst dachte ich sogar, dass es sich um einen Irrtum handeln würde, aber auf meine Nachfrage wurde mir die Richtigkeit noch mal bestätigt.« Mit großer Geste zog er die Bücher hervor und drückte seinen Freunden jeweils ein Exemplar in die Hand.

Beim Anblick des Covers stieß Peter einen unkontrollierten Laut aus, während Justus die Fassung behielt und sich in seiner Vermutung vollends bestätigt sah.

»*Krah-Krah-Krah – Wer krächzt denn da?*«, las Peter den Titel laut vor. »*Ein Krähenführer für Kinder und Jugendliche.* Das kann doch nur ein Witz sein! Wie lautet denn der Titel des anderen Buches, Justus?«

Der Erste Detektiv wendete sein Exemplar um 180 Grad und deutete stumm auf die bunt illustrierte Vorderseite: *Eine Krähe hackt der anderen kein Auge aus – Leicht verständliches Wissen aus der Welt der Rabenvögel.*

Peters Gesicht war ein einziges Fragezeichen. »Was hat das zu bedeuten? Wieso leiht sich Mr Dust solche Bücher aus? Für ihn als Naturwissenschaftler müssten die doch weit unter seinem Niveau sein. Oder bin ich da gerade völlig auf dem falschen Dampfer?«

»Das mit dem Naturwissenschaftler, geschweige denn Ornithologen oder wie sich Mr Dust selbst noch bezeichnen mag, ist absolut hinfällig, Kollegen«, entgegnete Justus mit einer gewissen Genugtuung. »Ich habe mich gestern Abend vor dem Zubettgehen noch einmal an den Computer gesetzt und in der Suchmaschine den Namen ›Gordon Dust‹ mit dazu passenden Begriffen eingegeben. Das Ergebnis war gleich null. Nicht ein einziger Eintrag war über ihn zu finden. Bei Roy Hancock sah es ähnlich aus. Aber zumindest stieß ich bei ihm über ein paar Umwege auf zwei Einträge, aus denen hervorgeht, dass er tatsächlich mal für kurze Zeit im Sommer vergangenen Jahres als Computer-Gehilfe im Rechnungsbüro einer Lotteriegesellschaft in Nevada tätig war. Doch weiter nichts.«

Peter benötigte einen Moment, um die neuen Informationen auf einen Nenner zu bringen. Das schrille Klingeln des Telefons riss ihn aus seinen Gedanken.

Justus drückte auf die Lautsprechertaste und hob den Hörer. »Ja, hier Justus Jonas von den drei Detektiven?«

Aus dem Lautsprecher ertönte ein schwerfälliges Atmen.

»Hallo?«, fragte Justus irritiert. »Äh ... Können Sie mich hören?«

»Das Ende ist nah ...«, meldete sich eine Stimme, die die drei Detektive sogleich zuordnen konnten.

»Guten Tag, Mrs June. Ist alles in Ordnung?«, erkundigte sich Justus besorgt.

»Mit mir ist alles okay, falls du meine Gesundheit meinst. Aber ansonsten gibt es keinen besonderen Anlass zur Freude. Ganz im Gegenteil.«

»Was ist denn vorgefallen?«

»Mr Hancock hat das erweiterte Software-Programm bereits gestern Nacht fertigstellen können und es sofort mit allen gesammelten Daten gespeist.«

Die drei Detektive warfen sich fragende Blicke zu.

»Dann hat Mr Dust noch irgendwelche ›synchronisierten Updates‹ oder so durchgeführt, ich kenne mich auf dem Gebiet ja nicht so gut aus«, fuhr die alte Dame bedrückt fort. »Auf alle Fälle ist das neue Programm zu dem in der Lage, was Mr Dust bereits gestern angekündigt hat: Es kann jetzt endlich sämtliche Krähenlaute in die menschliche Sprache übersetzen, ist das nicht unglaublich?«

»Das ist es in der Tat, Madam.« Justus ließ sich von seiner inneren Anspannung nichts anmerken. »Doch wie ich Ihren Worten entnehmen kann, scheint sich Ihre Freude darüber sehr in Grenzen zu halten. Sie scheinen sogar höchst beunruhigt zu sein. ›Das Ende ist nah‹ – was wollten Sie damit zum Ausdruck bringen?«

»Die ersten Auswertungen des Programms liegen bereits vor«, entgegnete sie mit belegter Stimme. »Die Krähen haben einen ausgeprägten siebten Sinn und können Entwicklungen in der Natur im Voraus einschätzen. Sie planen gerade ihren kompletten Abzug und werden die Vereinigten Staaten schon in wenigen Wochen verlassen. Sie fühlen sich offenbar dazu *gezwungen*, diese Flucht vor der Apokalypse anzutreten.«

»Vor der Apokalypse?« Peter überkam eine Gänsehaut. »Wie meinen Sie das?«

»So hat es Mr Dust zumindest ausgedrückt«, entgegnete sie mit zitternder Stimme.

»Vor wem oder welchem Ereignis müssen die Vögel denn flüchten?«, drängte Justus Mrs June zu einer näheren Erklärung. »Und wodurch fühlen sie sich gezwungen? Konnte Mr Dust Ihnen das im Detail darlegen?«

»O ja.« Mrs June räusperte sich. »Die sich anbahnende Klimakatastrophe, die unsere regierenden Politiker nur allzu gern verharmlosen oder schlichtweg als ›Fake News‹ abtun, lässt sich ohnehin nicht mehr abwenden. Sie wird uns sogar sehr plötzlich wie ein Paukenschlag treffen – und zwar als Erstes Kalifornien. Die Temperaturen werden ganz rasch ansteigen. Auf einmal werden fast alle Wälder brennen und es wird kein Wasser mehr geben. Das Szenario wird sich schnell über weite Teile Nordamerikas ausbreiten. Wovor Umweltaktivisten schon seit Jahrzehnten warnen, steht bevor. Jetzt haben wir es endlich geschafft …«

»Und diese Infos haben Mr Dust und Mr Hancock den ›Gesprächen‹ der Krähen entnommen?«, fragte Bob nach. Er sah seine Freunde skeptisch an.

»Ganz genau«, antwortete Mrs June jedoch voller Überzeugung. »Die Vögel wissen, was passieren wird, und deshalb wollen sie hier weg.«

Justus hatte intensiv seine Unterlippe geknetet, und plötzlich schoss ihm eine Idee durch den Kopf. »Das ist wirklich äußerst beeindruckend«, mischte er sich wieder ins Gespräch ein. »Und da muss ich direkt eine vielleicht unverschämte Bitte loswerden: Heute Morgen wurde auch ich von einem lauten Gekrächze geweckt. Das Fenster stand halb offen, ich lag im Bett und erinnerte mich daran, was Mr Dust uns über den Beitrag von Ihnen erzählt hat, durch den er auf Sie aufmerksam wurde. Ihre Schilderung, wie Sie morgens erwachten, dem Krächzen der Krähen lauschten und sich dabei fragten, was sich diese Vögel wohl gerade erzählen würden. Mir erging es heute Morgen ähnlich wie Ihnen, zumal die Krähen ziemlich aufgebracht zu sein schienen. Ein hitziges Palaver von links nach rechts und umgekehrt.«

»Und um was möchtest du nun bitten?«, fragte Mrs June.

»Ich habe daraufhin mein Handy genommen und eine Audio-Aufnahme gemacht. Nicht sehr lange, nur knapp eine Minute. Wäre es wohl möglich, diesen kurzen Mitschnitt mit Mr Hancocks erweitertem Programm übersetzen zu lassen? Ich könnte Mr Dust zwar persönlich darum bitten, aber ich male mir größere Chancen aus, wenn *Sie* das eventuell …«

»Also ich weiß nicht …«, zögerte Mrs June. »Die beiden Männer sind gerade vermutlich mit wichtigeren Dingen beschäftigt. Kannst du deinen Wunsch nicht noch einige Tage zurückstellen?«

»Na ja …« Der Erste Detektiv versuchte es nun mit einem quengelnden Tonfall, in der Hoffnung, die Dame dadurch umstimmen zu können. »Ich bin natürlich genauso neugierig wie Sie und würde so schrecklich gern wissen, was die Krähen da heute Morgen von sich gegeben haben, zumal es ziemlich wichtig klang. Vielleicht würde Mr Dust dadurch auch neue Aufschlüsse erhalten.«

»Da hast du natürlich recht«, musste Mrs June zugeben. »Also los, bringt mir die Aufnahme vorbei, und dann werde ich sehen, was sich machen lässt. Ich wollte ohnehin mit euch besprechen, wie ihr in dem Fall weiter vorzugehen gedenkt. Diese geheime Fotografin habt ihr vermutlich noch nicht aufspüren können, oder?«

»An der Sache sind wir dran«, antwortete Justus lapidar. »Wann würde Ihnen denn unser Besuch passen, Madam?«

»Um vierzehn Uhr habe ich noch eine wichtige Verabredung. Aber die wird sicher nicht länger als zwei Stunden dauern. Was haltet ihr von siebzehn Uhr? Dann habe ich dazwischen noch ein kleines Zeitfenster.«

Die drei Detektive nickten sich einvernehmlich zu.

»Nur eins noch«, hatte Justus beinahe vergessen zu erwähnen. »Ich hatte den Eindruck, dass Mr Dust nicht sonderlich viel Sympathiepunkte für uns übrig hatte, deshalb würde ich es tunlichst vermeiden, ihm gegenüber zu erwähnen, dass *ich* ein Interesse an der Übersetzung meiner Tonaufnahmen hätte. Wir sollten es besser so drehen, dass die Aufnahmen von *Ihnen* stammen.«

»Das kriegen wir schon hin. Also dann, bis später.« Abrupt beendete Mrs June das Telefonat.

Nachdem auch Justus aufgelegt hatte, griff er nach einem herumliegenden Prospekt und fächelte sich damit erhoffte Frischluft zu. Doch das brachte nicht viel, in der Zentrale war es einfach zu warm.

»Na, dann lass mal hören, Erster, was du da für einen Plan ausgeheckt hast«, forderte Peter seinen Freund auf und frotzelte dann: »Justus, unser Romantiker: Erwacht frühmorgens in seinem Bett und lauscht, noch halb im Traum versunken, dem nervenzermürbenden Krähengekrächze …«

Dem Ersten Detektiv war nicht nach Späßen zumute. »So bizarr wie alles Vorangegangene in diesem Fall verhält es sich auch mit diesen beiden Büchern, Kollegen. Ich bin felsenfest davon überzeugt, dass Mr Dust die Krähenratgeber entliehen hat, um sich im Vorfeld genügend Grundwissen anzueignen, damit er sich Mrs June gegenüber als Vogelexperte ausgeben kann. Ich aber gehe zu neunundneunzig Prozent davon aus, dass es sich bei ihm und seinem ›Kollegen‹ um zwei ausgekochte Scharlatane handelt, die in Mrs June ein leichtgläubiges Opfer gefunden haben. Bleibt die Frage: Zu welchem Zweck? Doch um das herauszufinden, müssen wir Mrs June zunächst einen Beweis liefern, der Mr Dust und Mr Hancock eindeutig als Betrüger entlarvt, bevor wir zu Phase zwei übergehen können.«

»Ich glaube, so langsam begreife ich, was du vorhast, Erster«, versuchte Bob die Zusammenhänge zu ordnen. »Kann es sein, dass die Krähenlaute, die du heute Morgen mit deinem Handy aufgenommen hast, diesen Beweis erbringen sollen?«

»Ganz genau«, erwiderte Justus siegessicher. »Jedoch werden wir die Aufnahmen erst noch machen müssen. Mein morgendliches Erlebnis habe ich eben spontan erfunden. Dass die Aufnahmen sich bereits auf meinem Handy befinden, musste ich Mrs June aber weismachen, um sie ein wenig unter Druck zu setzen. Ansonsten wäre es ihr viel leichter gefallen, die ganze Aktion auf später zu verschieben.« Er zwinkerte seinen Freunden verschmitzt zu. »Wenn ihr wisst, was ich damit meine.«

Dem Zweiten Detektiv war dennoch mulmig zumute. »Und wie denkst du Mr Dust und Mr Hancock mithilfe selbst aufgenommener Krähenlaute eine Falle stellen zu können, Erster?«

»Das erzähle ich euch unterwegs, wenn wir uns gleich zum Palisades Park aufmachen. Dort soll es – deiner Schilderung nach, Zweiter – von diesen Rabenvögeln ja nur so wimmeln. Doch bevor wir aufbrechen, habe ich noch eine Bitte an dich, Dritter, bezüglich Sax Sandler«, wandte sich Justus an Bob. Mr Sandler war der Chef einer Musikagentur, in der Bob hin und wieder jobbte. »Kannst du versuchen, ihn an den Apparat zu kriegen, und ihn fragen, ob er uns noch heute einen Gefallen tun und seine guten Verbindungen spielen lassen kann? Denn *ohne* seine Hilfe würde meine geplante Idee womöglich noch scheitern.«

»Kein Problem, Justus«, gab sich Bob zuversichtlich. »Und *wonach* genau soll ich ihn fragen?«

Jackpot

Als die drei Detektive wie vereinbart um siebzehn Uhr in Malibu bei Mrs June eintrafen, kam Justus sogleich zur Sache. Aus dem gestrigen Gespräch in Mr Dusts Villa war hervorgegangen, dass Mrs June über einen E-Mail-Account verfügte, an den Justus per Handy seine zuvor getätigten Tonaufnahmen mit den Krähenlauten aus dem Palisades Park versandte. Diese sollte Mrs June nun an Mr Dusts E-Mail-Adresse weiterleiten. Nachdem sie dem Wunsch des Ersten Detektivs nachgekommen war, bat er sie zudem, bei Mr Dust anzurufen und den vermeintlichen Forscher auch noch persönlich um die Auswertung zu bitten. Er ging sogar den genauen Wortlaut akribisch mit ihr durch.

Mrs June war nicht ganz wohl dabei, dem Auftrag Folge zu leisten, also erklärte Justus ihr seine Beweggründe für die Aktion. »Sie haben uns gestern als Detektive angeheuert, damit wir für Sie herausfinden, weshalb sich Mr Dust Ihnen gegenüber seit einigen Tagen so merkwürdig verhält, Madam. Und wenn ich alle Vorkommnisse in dieser ganzen Geschichte zusammenaddiere, komme ich unterm Strich zum folgenden Ergebnis …«

Und dann brachte der Erste Detektiv zur Sprache, was er wenige Stunden zuvor gemeinsam mit Peter und Bob in der Zentrale abgewogen, erörtert und infrage gestellt hatte und was ihnen rings um das Projekt ›Cawing Crows‹ seltsam und zum größten Teil auch unrealistisch erschienen war. Schließlich willigte Mrs June ein.

Gespannt umringten die Jungen die alte Dame, während sie den Telefonhörer von der Gabel hob, Mr Dusts Nummer wählte und auf die Lautsprechertaste drückte. Nach fünfmaligem Freizeichen ertönte ein leises Knacken.

»Ja, hier Dust.«

»Oh, schön, dass ich Sie erreiche«, erwiderte Mrs June noch etwas unsicher. Justus' Plan tat das keinen Abbruch. »Ich war vorhin bei unserem Gespräch so durcheinander, dass ich vollkommen vergessen habe, Sie noch um einen kleinen Gefallen zu bitten. Ich weiß ja, dass Ihnen aufgrund der aktuellen Lage, ebenso wie mir, gehörig der Kopf raucht, aber gerade deshalb ist mein Informationsbedarf momentan besonders –«

»Na, wo drückt denn der Schuh?«, kam Mr Dust ihr mit schmeichelndem Tonfall zuvor. »Ihr Seelenheil hat für mich natürlich oberste Priorität.«

Mrs June entspannte sich ein wenig. »Heute Morgen waren die Krähen vor meinem Fenster in großem Aufruhr, weitaus aufgeregter als die Tage zuvor. Da habe ich kurzerhand eine

Sequenz der Kommunikation auf meinem Handy mitgeschnitten. Wäre es zu viel verlangt, diese Aufnahme in ihr Programm einzuspeisen und übersetzen zu lassen?«

»Ganz gewiss nicht, gnädige Frau«, erwiderte er auffallend zuvorkommend. »Für solche Zwecke hat Roy die Software ja schließlich aufgerüstet. Mögen Sie mir die Aufnahme morgen Vormittag zusenden? Dann erhalten Sie die Auswertung innerhalb weniger Stunden.«

»Ich habe Ihnen alles gerade per E-Mail zugeschickt. Wie Sie sicher bemerken, ist mir die Übersetzung äußerst wichtig und es würde mich sehr beruhigen, wenn ich das Ergebnis noch heute von Ihnen bekommen könnte. Wäre das eventuell machbar?«

Mit einem Mal geriet Mr Dust ins Stammeln. »Heute …? Ich meine … Ich … bin mir nicht sicher, ob Roy noch …«

»Sie würden mir damit wirklich einen großen Dienst erweisen«, legte Mrs June noch einmal nach. »Kann ich also auf Sie zählen?«

»In Ordnung«, entgegnete Mr Dust nun wieder mit gefestigter Stimme. »Ich werde sehen, was sich tun lässt. Sie hören heute noch von mir. Bis später dann.«

Nachdem die Dame den Hörer aufgelegt hatte, war Justus sichtlich zufrieden. »Ausgezeichnet, Mrs June, glaubhafter hätte selbst ich es nicht rüberbringen können.« Er lächelte ihr zu, wurde dann aber wieder ernst. »Glauben Sie denn *tatsächlich* daran, dass die Krähen sich zusammengerottet und aufgrund einer unaufhaltsamen akuten Klimakatastrophe, die bereits in wenigen Wochen über uns hereinbrechen soll, die Entscheidung gefällt haben, die Vereinigten Staaten fluchtartig zu verlassen? Und die Menschen sollen das nicht wissen – aus Rache?«

»Das ist keine Glaubensfrage, die Herren, sondern die Auswertung eines hochentwickelten Softwareprogramms, in das Mr Dust und sein Kollege all ihr naturwissenschaftliches und technisches Know-how investiert haben.«

»Und ist Ihnen dabei bisher nicht zumindest einmal der Gedanke in den Sinn gekommen, dass dieses Projekt nur ein einziger Schwindel sein könnte?«, hinterfragte Bob.

»Ein einziger Schwindel?«, echote Mrs June nahezu entrüstet. »Ihr seid doch selbst Zeugen dieser Video- und Audio-Demonstration gewesen. Und schließlich kann es x verschiedene Gründe geben, weshalb sich Mr Dust die Jugend-Ratgeber aus der Bibliothek entliehen hat. Das gibt aus meiner Sicht noch keinen Anlass, an seinem Projekt zu zweifeln.«

»Und wenn wir Ihnen einen unumstößlichen Beweis liefern würden, dass dieses so ›hoch technisierte‹ Übersetzungsprogramm in Wahrheit keinen Pfifferling wert ist?«, setzte Justus alles auf eine Karte. »Wären Sie dann auch weiterhin so loyal, Ihre Hand für die beiden Herren ins Feuer zu legen?«

»Sagt mal, was ist denn plötzlich in euch gefahren, solche abstrusen Theorien aufzustellen?« Mrs June wurde laut. »Sollte ich *deshalb* die E-Mail unter dem Vorwand falscher Tatsachen an Mr Dust weiterleiten und ihn um die Auswertung der Aufnahmen bitten? Klärt mich jetzt sofort auf!«

»In Ordnung.« Justus deutete zur Couch hinüber. »Aber vielleicht sollten wir uns dazu setzen.«

Nachdem alle Platz genommen hatten, legte Justus sein Handy auf dem Glastisch ab und sah Mrs June ernst an. »Noch ist alles nur ein Verdacht, Madam, der sich jedoch erhärtet hat, nachdem wir mitbekommen haben, wie sehr Sie die Angst vor einer nahenden Klimakatastrophe belastet. Auch vor Mr Dust haben Sie keinen Hehl daraus gemacht. Zudem wusste er von Ihrer Krähen-Leidenschaft und konnte davon ausgehen, dass Sie alles dafür geben würden, hinter das Geheimnis der Kommunikation der Vögel zu kommen. Er hat daher einen Plan ersonnen, wie er aus diesen beiden, für Sie essenziellen Themen *eine* Geschichte erfinden konnte, damit Sie an dem Projekt ›Cawing Crows‹ keinen Zweifel hegen würden. Die extremen Temperaturen, die in unserer Region seit einer Weile herrschen, die Waldbrände und die Warnungen der Meteorologen boten seinem Lügenkonzept zusätzlich noch Futter und untermauerten seine Glaubwürdigkeit.«

»Damit wir uns aber nicht missverstehen«, fügte Bob im ruhigen Tonfall hinzu. »Nichts liegt uns ferner, als den Klimawandel zu leugnen. Es erscheint uns dennoch recht merkwürdig, dass Mr Dust und Mr Hancock, die uns bisher nur ein paar Videodemonstrationen präsentiert haben, ihre Software quasi über Nacht so weit verbessern konnten, dass diese plötzlich in der Lage ist, sämtliche Krähenlaute wortwörtlich in menschliche Sprache zu übersetzen.«

»Nun ja …« Mrs June begann nervös an ihrer Halskette

herumzuspielen. »Aber es wäre im Bereich der Forschung ja schließlich nicht das erste Mal, dass wissenschaftliche Erkenntnisse über Nacht zutage kommen.«

»Das ist richtig«, ergriff der Erste Detektiv nun wieder das Wort. »Doch da wäre noch ein wichtiges Detail, das erklären würde, weshalb Mr Dust nun so unerwartet schnell voranprescht, Ihnen, Madam, die geplante Flucht der Krähen vor der nahenden Klimakatastrophe plausibel zu machen.«

»Das da lautet?«

»Der zu erwartende Wetterumschwung«, erklärte Bob. »Als ich heute Vormittag von der Bibliothek hier in Malibu nach Rocky Beach zurückfuhr, verkündeten die Meteorologen im Radio – es waren die Elf-Uhr-Nachrichten –, dass die Temperaturen in Kalifornien in wenigen Tagen wieder sinken werden.« Er machte eine kurze Pause. »Interessant wäre zu erfahren, um welche Uhrzeit Sie den Anruf von Mr Dust erhielten, in dem er Ihnen von den Fluchtplänen der Krähen erzählte.«

Mrs June überlegte kurz und stutzte. »Das war gegen halb zwölf, und bald darauf habe ich in eurer Zentrale angerufen.«

»Voilà!« Justus klatschte die Hände zusammen. »Somit liegt die Vermutung nahe, dass auch Mr Dust von der aktuellen Wettervorhersage in Kenntnis war. Er musste befürchten, dass auch Sie, Madam, schon bald davon Wind bekommen würden, und trieb daher zur Eile an, damit Ihr Glauben an die bevorstehende Apokalypse keine Risse bekommt. Und außerdem beschleicht mich auch der Verdacht, dass Mr Dust uns drei

Detektiven nicht über den Weg traut und deshalb ebenfalls aufs Tempo drückt.«

Mrs June verharrte regungslos in ihrem Sessel. »Was hat es mit der Audioaufnahme auf sich, die ich ihm vorhin gemailt habe?«

»Sie bringt uns hoffentlich den Beweis, dass wir mit unserem Verdacht gegen die beiden richtigliegen«, antwortete Justus geradeheraus. »Die Aufnahmen der Krähen haben wir vor wenigen Stunden im Palisades Park gemacht. Anschließend sind wir jedoch in einem Tonstudio vorstellig geworden und ließen die Krächzlaute von einem Tontechniker schneiden, komplett neu zusammensetzen und nachbearbeiten. Die Laute wurden versetzt, einige verdoppelt, andere in ihrer Länge gekürzt und manche Pausen hinzugefügt oder gelöscht. Einfacher ausgedrückt: Die Audiospur, die Mr Dust und Mr Hancock nun vorliegt, besteht sozusagen aus einem absoluten Krächz-Kauderwelsch, das eine sinnvolle Übersetzung – falls das Programm überhaupt dazu in der Lage sein sollte –, vollkommen unmöglich macht.«

»Aha …«, murmelte Mrs June leise. »Was aber ist, wenn das besagte Programm ebenfalls zu diesem Ergebnis kommen sollte? Das würde im Umkehrschluss bedeuten, dass ihr euch mit eurem Verdacht in eine Sackgasse manövriert hättet und dazu noch –«

Das plötzliche Klingeln des Telefons auf dem Beistelltisch neben der Tür ließ die vier zusammenfahren. Mrs June war gerade im Begriff, sich aus ihrem Sessel zu erheben, doch Justus machte ein warnendes Handzeichen. »Sie sollten das Gespräch besser nicht entgegennehmen«, bat er. »Ist der Anrufbeantworter neben dem Telefon auf Empfang geschaltet?«

»Natürlich«, entgegnete die alte Dame irritiert. »Aber warum darf ich nicht rangehen?«

»Weil wir uns, falls Mr Dust der Anrufer sein sollte, vorher eine Strategie zurechtlegen müssen, wie Sie am geschicktesten auf seine Worte reagieren, je nachdem, was er Ihnen zu sagen hat.«

Zu weiteren Erläuterungen blieb dem Ersten Detektiv keine Zeit mehr. Aus dem Anrufbeantworter ertönte ein lauter Piepton, dann sprach jemand darauf.

»Mrs June?« Die Stimme war eindeutig Mr Dust zuzuordnen. »Zu schade, dass Sie gerade nicht vor Ort sind, denn Roy hat die Aufnahmen, die Sie uns gemailt haben, direkt ausgewertet.«

Die drei ??? wagten vor Anspannung kaum zu atmen.

»Es ist nahezu erschreckend«, äußerte der vermeintliche Forscher beunruhigt. »Die Krähen scheinen tatsächlich zu wissen, dass auch Sie durch mich in Kenntnis darüber sind, dass wir ihren Sprachcode entschlüsselt haben. Das Übersetzungsprogramm hat folgenden Wortlaut ergeben: ›Sobald sich abzeichnet, dass die beiden Männer und die Frau dort hinter dem Fenster ihr Wissen mit anderen Menschen teilen sollten, bringen wir sie zum Schweigen …‹« Er atmete tief durch. »Wir müssen dennoch die Nerven behalten, Mrs June. Verlassen Sie aber heute bitte nicht mehr das Haus und halten Sie vorsorglich alle Fenster geschlossen. Rufen Sie mich bitte umgehend zurück, sobald Sie diese Nachricht abgehört haben. Alles wird gut.« Der Lautsprecher knackte. Mr Dust hatte das Gespräch beendet.

»Also keine Sackgasse!«, verkündete Justus triumphierend. »Mr Dust ist in die Falle gegangen. Nun fehlt uns noch die alles klärende Antwort auf die Frage, was diese beiden Betrüger dazu veranlasst, dieses üble Spiel mit Ihnen zu treiben. Finanzielle Interessen scheinen ja nicht der ausschlaggebende Beweggrund zu sein, da Mr Dust, seinem feudalen Anwesen nach zu urteilen, selbst recht vermögend zu sein scheint und von Ihnen, Mrs June, wie Sie uns sagten, bisher keinen Cent erhalten hat.«

Die alte Dame wurde leichenblass und begann, am ganzen Leib zu zittern. »Das … ist so nicht ganz richtig«, presste sie mühsam hervor.

»Wie meinen Sie das?« Peter spürte, wie sein Gaumen trocken wurde.

»Das ist nicht sein Haus … Die Eigentümerin bin ich …«

»*Ihnen* gehört das Anwesen? Wie passt das denn zusammen?«, fragte Bob völlig irritiert.

»Als es zu unserem ersten Treffen kam, damals nach unserer Begegnung im *Bird Forest Institute*, und ich ihn tags darauf in seinem angeblichen Forschungslabor besuchte, war dieses in einem kleinen Bungalow am Rand von Torrance untergebracht.« Ihre Augen wurden feucht. »Ich war von seinen wissenschaftlichen Erkenntnissen, die das Projekt ›Cawing Crows‹ betraf, so fasziniert, dass ich seinen Arbeitsplatz, in dem er zugleich auch wohnte, für solch einen, in meinen Augen, großartigen Forscher als unwürdig empfand. Und nachdem er mir den Vorschlag gemacht hatte, ihm bei seinem Projekt als ehrenamtliche Beraterin zur Seite stehen zu dürfen, bot ich ihm an, mein Grundstück hier in der Nachbarschaft zu beziehen, und das unentgeltlich.«

Bob stieß einen überraschten Pfiff aus. »Das ändert einiges!«

»Ihr dürft nicht an meinem Verstand zweifeln«, beteuerte sie kleinlaut. »Ich war ja überzeugt davon, dass er es, sobald das Projekt abgeschlossen ist, zu Ruhm und finanziellem Erfolg bringen würde.«

»Machen Sie sich keine Vorwürfe«, versuchte Peter Mrs June zu beruhigen.

Justus' Gedanken waren schon weitergerattert. »Erlauben Sie mir eine, nun ja, wie soll ich sagen, vielleicht auch indiskrete Frage?«

»Nur zu«, hatte sich Mrs June wieder im Griff. »Ich bin ja froh, dass ihr mir zur Seite steht.«

»Es war ja doch recht großzügig von Ihnen, Mr Dust in der Villa auf Ihrem Nachbargrundstück die mietfreie Unterkunft zu ermöglichen. Dürfte ich mich daher, nur aus ermittlungstechnischen Gründen, bei Ihnen erkundigen, woher Ihr Reichtum stammt, dass Sie gleich zwei Anwesen in dieser Gegend Ihr Eigen nennen?«

Sie lächelte verlegen. »Deine Frage ist durchaus berechtigt, denn obwohl ich mich die vergangenen fünfzig Jahre mit meiner Malerei über Wasser halten konnte, war damit allein kein großes Vermögen anzuhäufen. Hin und wieder hatte ich auch durchaus Schwierigkeiten, finanziell über die Runden zu kommen, was für mich äußerst deprimierend war. Doch dann hat es die Glücksfee im vergangenen Sommer mit mir besonders gut gemeint und mir durch ein Los der *Sunshine-Lotterie* in Nevada den Jackpot von sage und schreibe fünfunddreißig Millionen Dollar beschert.«

»Fünfunddreißig ...« Bob blieb verblüfft der Mund offen stehen. »Eine stolze Summe.«

Peter horchte überrascht auf. »Eine Lotteriegesellschaft in Nevada? Wieso kommt mir das bekannt vor?«

»Nicht nur dir, Zweiter!« Justus erhob sich von der Couch und sah Mrs June durchdringend an. »Selbstverständlich haben wir versucht, über Gordon Dust und Roy Hancock Erkundigungen einzuholen, Madam. Während wir über Ersteren nicht das Geringste in Erfahrung bringen konnten, sind wir, was Roy Hancock betrifft, im Internet auf eine kleine Randnotiz gestoßen, die es nun allerdings ziemlich in sich hat: Mr Dusts Mitarbeiter ist im Sommer vergangenen Jahres für ein paar Monate als Computer-Gehilfe im Rechnungsbüro einer Lotteriegesellschaft in Nevada tätig gewesen.«

Mrs June brauchte einige Sekunden, bis sie begriffen hatte, was der Erste Detektiv ihr damit sagen wollte. Doch dann bildete sich zwischen ihren Augen eine tiefe Zornesfalte. »Also war alles von Anfang an ein abgekartetes Spiel: Dieser durchtriebene Mensch hatte bei der *Sunshine-Lotterie* herausgefunden, dass ich mit meinem Los den Jackpot abgeräumt hatte ...«

»… und entwickelte daraufhin mit Mr Dust einen Plan, wie man zumindest an einen Teil dieses Gewinns gelangen könnte«, schlussfolgerte Peter. »Die beiden zogen Erkundigungen über Sie ein und fanden heraus, womit Sie, Mrs June, emotional am leichtesten zu packen wären. Das gefälschte Projekt ›Cawing Crows‹ wurde damit direkt auf Sie zugeschnitten, um Sie … ich meine …« Er stockte.

»Um *was*, Zweiter?«, hakte Bob nach. »Abgesehen vom kostenlosen Wohnen haben die zwei Schwindler keine finanziellen Forderungen an ihr Opfer gestellt, schon vergessen?«

Mit einem Mal begann Mrs June in ihrem Sessel unruhig hin- und herzurutschen. »Das … hat sich heute geändert«, gestand sie mit erstickter Stimme.

»Wie meinen Sie das?« Dem Ersten Detektiv schwante Schlimmes.

»Mr Dust ist, entgegen unserer Vereinbarung, dass wir uns vorerst besser nicht mehr persönlich treffen, vorhin hier gewesen und hat mir nahegelegt, dass aufgrund der bevorstehenden Katastrophen schnelles Handeln vonnöten wäre …«, ließ sie die Jungen wissen. »Er drängte darauf, meine beiden Grundstücke eiligst zu veräußern, bevor die große Massenflucht einsetzen würde, da die Immobilien sonst keinen Pfifferling mehr wert seien. Seine Empfehlung lautet, Kalifornien schleunigst zu verlassen und sich nach Europa abzusetzen. Dort könne man die Forschungsarbeiten ja weiterführen …«

Peter verschlug es die Sprache. »Und wie haben Sie auf seinen Vorschlag reagiert?«

»Nun ja …« Mrs June schien der Verzweiflung nahe. »Ich war noch niemals eine gute Geschäftsfrau. Deshalb habe ich ihn gefragt, ob er die Verkäufe nicht für mich abwickeln könnte. Wir sind uns dann schnell einig geworden, dass ich ihm dafür eine Kontovollmacht ausstellen werde … Oje, was habe ich nur getan?«

Justus überlegte fieberhaft. »Sie sagten, dass Sie ihm eine Vollmacht ausstellen *werden*. Das heißt, dass dieser entscheidende Schritt noch nicht vollzogen wurde. Ist dem so?«

Mrs June nickte. »Ich erklärte mich in meiner Panik aber dazu bereit, morgen Vormittag mit ihm meine Bankfiliale aufzusuchen und dort alle nötigen Formalitäten in die Wege zu leiten.«

Die drei Detektive atmeten erleichtert auf.

»Das gibt uns einen zeitlichen Spielraum, diesem unsäglichen Treiben ein Ende zu bereiten und die beiden zur Rechenschaft zu ziehen«, war Justus fest entschlossen.

Peter fühlte eine unbändige Wut in sich aufsteigen. »Was für ein niederträchtiges Schmierentheater diese Verbrecher da inszeniert haben! Wie sie wohl die Krähenattacken so überzeugend hinbekommen haben? Mein Dad arbeitet als Trickexperte in einem Filmstudio«, klärte er Mrs June auf. »Von ihm weiß ich zumindest, wie der Regisseur Alfred Hitchcock in seinem Film ›Die Vögel‹ die Flugattacken so realistisch darstellen konnte. Dafür war ein Vogeltrainer verantwortlich und die Krähen waren darauf dressiert, sich auf seinen Befehl hin auf die Schauspieler zu stürzen und auf sie einzuhacken. Das Ganze sah sehr echt aus, war aber für die Schauspieler mehr oder weniger harmlos. Glaubt ihr, dass Mr Dust ebenfalls so einen Trainer engagiert hat?«

»Das wird sich noch herausstellen«, war sich Justus seiner Sache sicher. »In erster Linie gilt es aber, einen Plan zu entwickeln, wie wir zumindest einen der Übeltäter in eine Situation hineinmanövrieren, die ihn zu einem Geständnis zwingt. Und ich habe da auch schon eine Idee …«

Bob sah fragend auf. »Und die wäre?«

»Zunächst müssen wir einen geeigneten Ort finden, an dem Sie sich, Madam, morgen Vormittag mit Mr Dust verabreden, um sich – vermeintlich – von dort aus gemeinsam zur Bankfiliale zu begeben. Das ist natürlich nur eine Finte, denn selbstverständlich wird er die Kontovollmacht von Ihnen nicht erhalten.«

»Was passiert stattdessen?«, wollte Mrs June von Justus wissen.

»Wir werden Mr Dusts und Mr Hancocks perfider Inszenierung etwas entgegensetzen, was Ihnen jedoch, Mrs June, einen hohen Grad an Schauspielkunst abverlangen wird. Trauen Sie sich das zu?«

»Nun ja, ich habe als junges Mädchen gern Theater gespielt. Und der Glaube an einen selbst versetzt bekanntlich auch Berge. Ich werde mein Bestes geben.«

Justus lächelte. »Eine gute Einstellung. Die perfekte Durchführung meines Plans, zu dem Peter vorhin unbewusst eine ideale Eingebung beisteuerte, hängt jedoch noch von einem weiteren essenziellen Faktor ab, der unser Vorhaben, im schlimmsten Fall, noch zum Scheitern bringen könnte.«

»Und der lautet?«, fragte Peter zögernd.

Der Vogelflüsterer

Am nächsten Vormittag herrschte im Palisades Park eine friedliche Stimmung. Aufgrund der unangenehmen Hitze – und das, obwohl die Sonne noch nicht einmal ihren Höchststand erreicht hatte – war die Grünanlage von Spaziergängern oder Joggern kaum besucht.

Justus, Peter und Bob kauerten hinter einer mannshohen Ligusterhecke und spähten durch kleine Lücken im Blattwerk zu einer Parkbank hinüber, die nur wenige Meter von ihnen entfernt neben einer Korkeiche stand. Auf ihr hatte Mrs June vor wenigen Minuten Platz genommen und warf nun einen nervösen Blick auf ihre Armbanduhr.

»Es ist schon kurz nach zehn«, raunte Peter seinen Freunden zu. »Ob Mr Dust etwa Lunte gerochen und einen Rückzieher gemacht hat?«

Justus schüttelte den Kopf. »Der wird noch auftauchen, Zweiter, jede Wette. Die Gelegenheit, eine Kontovollmacht einer Multi-Millionärin erteilt zu bekommen, bietet sich einem schließlich nicht alle Tage. Die Gier danach wird seinen Verstand garantiert umnebelt haben.«

»Dahinten kommt er!«, zischte Bob aufgeregt. »Er winkt Mrs June zu. Gib jetzt das Zeichen, Erster! «

Justus zog sein Handy hervor und tippte aufs Display.

»Ja?«, meldete sich eine etwas heisere Stimme.

»Zielperson im Anmarsch!«, flüsterte Justus. »Es bleibt wie vereinbart: Sobald Mrs June den Schlüsselsatz ausruft, startet Ihr Einsatz.«

»Verstanden«, erwiderte die Stimme.

Der Erste Detektiv ließ das Handy wieder in seiner Hosentasche verschwinden und spähte gespannt durch die Hecke. Inzwischen war Mr Dust bei der Parkbank angekommen. Aus der Korkeiche war plötzlich ein aufgebrachtes Krächzen von Krähen zu vernehmen.

»Entschuldigen Sie die Verspätung, Mrs June, aber ich bin unversehens in einen Stau geraten, überall nur Baustellen.«

»Überhaupt kein Problem«, entgegnete sie. »Auf die paar Minuten kommt es nun auch nicht mehr an. Setzen Sie sich doch.«

Unschlüssig blieb Mr Dust stehen und richtete einen argwöhnischen Blick auf die Korkeiche. »Sie haben diesen Ort als Treffpunkt nicht zufällig gewählt, oder? Es war exakt dieser Baum, aus dem die Krähen hervorgeschossen kamen und über mich hergefallen sind.«

»Das war mir nicht bewusst«, log sie glaubhaft. »Doch wie es scheint, habe ich wohl einen sechsten Sinn. Ganz nebenbei bemerkt: Die Krähen sind erst in Unruhe geraten, nachdem *Sie* hier erschienen sind. *Meine* Anwesenheit hingegen nahmen sie gelassen hin. Haben Sie dafür eine Erklärung?«

»Warum treffen wir uns überhaupt hier im Palisades Park?«, reagierte er auf Mrs Junes Frage verunsichert mit einer Gegenfrage. »Ihre Bankfiliale befindet sich doch sicher in Malibu, oder sollte ich mich irren?«

»Es gibt mehrere Zweigstellen. Doch wie ich Ihnen bereits gestern Abend sagte, stand heute Morgen noch ein dringender Zahnarzttermin hier in Rocky Beach an. So konnte ich gleich zwei Fliegen mit einer Klappe schlagen.«

»Verstehe. Dann lassen Sie uns unseren Termin nicht auf die lange Bank schieben, denn Roy und ich haben einen strengen Zeitplan. Je eher ich wieder in Malibu bin, desto –«

»Desto *was*?«, fiel sie ihm ungehalten ins Wort. »Desto eher können Sie sich mit meiner Kohle aus dem Staub machen? Wollten Sie *das* sagen?«

Entrüstet wich Mr Dust einen Schritt zurück. »Ich gehe arg davon aus, dass das ein Witz sein sollte! Halten Sie diesen Ton wirklich für angemessen?«

»Ich war leider tatsächlich so naiv, wie Sie mich von Anfang an eingeschätzt haben, und bin Ihnen und Ihrem hoch technisierten Computerprogramm auf den Leim gegangen. Aber die drei ??? haben Ihnen eine Falle gestellt, die unumstößlich beweist, dass Ihre Übersetzungs-Software ein einziger Schwindel ist. Doch nun wendet sich das Blatt, da die Jungen noch weitaus cleverer sind als Sie und Mr Hancock.«

Mr Dust behielt äußerlich die Beherrschung. »Wie darf ich das verstehen?«

»Sie beide gingen davon aus, mir ein Märchen auftischen zu können. Ein Märchen, in dem Rabenvögel konkrete Pläne in Bezug auf die bevorstehenden Folgen der Klimakatastrophe haben. In dem weiterhin diese Vögel alles daransetzen, zu verhindern, dass wir Menschen Kenntnis über diese Pläne erlangen – was Sie und Ihr werter Kollege dank einer wundersamen Software aber dennoch schafften. Leider verfügen Sie beide über zu wenig ornithologisches Wissen und konnten daher nicht voraussehen, dass die Krähen noch weitaus intelligenter sind, als Sie es sich selbst in Ihren kühnsten Träumen vorstellen können, Mr Dust.«

»Was soll das heißen?«

Abrupt erhob sich Mrs June von der Bank. »Die Krähen wissen, was Sie und Roy für ein arglistiges Spiel mit ihnen und mit mir getrieben haben, und wenn Sie es nicht endlich zugeben, werden Sie von *denen* zur Rechenschaft gezogen, das gebe ich Ihnen schriftlich!«

Mr Dust setzte ein sarkastisches Grinsen auf. »Werden wir auf unsere alten Tage jetzt etwa wunderlich? Kommen Sie zu sich. Wir können den Banktermin wegen solcher Fantasiegespinste doch nicht platzen lassen!«

Unerwartet wandte sich die alte Dame um, streckte die Arme gen Himmel und rief laut und beschwörend: »Ihr Gebieter der Lüfte, haltet Gericht!«

Der Herzschlag der drei Detektive beschleunigte sich. Der

Satz, den Mrs June ausgerufen hatte, war das Startzeichen. In diesem Moment erhoben sich hinter einem hochgewachsenen Rosenbusch ein Dutzend Krähen in die Lüfte und flatterten laut krächzend zielstrebig auf Mr Dust zu. Mit vor Entsetzen weit aufgerissenen Augen warf sich dieser bäuchlings zu Boden und presste schützend die Hände vor das Gesicht. Im Sturzflug landeten die Vögel auf seinem Körper und begannen, mit ihren spitzen Schnäbeln auf ihn einzuhacken.

»Nein! Neeeeiiiin! Verschwindet!« Mr Dust schrie wie von Sinnen und strampelte panisch mit den Beinen. »Geht weg! Lasst mich! Ihr sollt verschwinden!«

Mrs June ging langsam auf ihn zu, blieb einen Meter vor ihm stehen und rief in eindringlichem Tonfall: »Geben Sie es zu! Sie müssen es zugeben! Die Vögel werden erst von Ihnen ablassen, wenn Sie gestehen!«

»Ich bin unschuldig! Ich bin UNSCHULDIG!«

Unnachgiebig hackten die Krähen weiter auf ihn ein und ließen nicht von ihrem vermeintlichen Opfer ab.

Mrs June schienen diese Attacken jedoch nicht im Geringsten zu beunruhigen. »Legen Sie ein Geständnis ab! Sie wollten mich mit Ihrem gefälschten Übersetzungsprogramm und Ihrer Prophezeiung einer angeblich unmittelbar bevorstehenden Katastrophe nur dazu bringen, Ihnen eine Kontovollmacht zu erteilen. Alles ein einziger Schwindel! Erst wenn Sie gestehen, werden die Krähen ein Einsehen zeigen!«

Mr Dust strampelte unentwegt mit den Beinen und japste nach Luft. »Jaaaaaa! Ich gebe es zu! Ich gebe alles zu! Alles, was Sie sagen, entspricht der Wahrheit! Diese Vögel sollen verschwinden!«

Der Erste Detektiv nickte seinen Freunden triumphierend zu. Dann griff er nach der Trillerpfeife, die an einer Schlaufe um seinen Hals hing, legte sie an die Lippen und blies kräftig hinein. Wenige Sekunden darauf ließen die Vögel von Mr Dust ab, flatterten gemächlich zum Rosenbusch zurück und gingen dahinter in Deckung.

»Kommt, Kollegen«, sagte Justus guter Dinge. »Leisten wir Mrs June moralische Unterstützung.«

Als die drei Detektive hinter der Ligusterhecke hervortraten und auf ihre Auftraggeberin zugingen, erhob sich Mr Dust erschöpft vom Rasen und blickte die Jungen entgeistert an. »Was um alles in der Welt geht hier vor sich?«

Peter grinste breit. »Was Sie und Ihr Kumpan können, beherrschen wir schon lange. Auch wir verstehen was von überzeugenden Inszenierungen, und Konkurrenz belebt ja bekanntlich das Geschäft!«

»Inszenierungen? Auch ihr? Was soll das heißen?« Mr Dust blinzelte gegen die Sonne. »Und wer ist der da?«

Hinter dem Rosenbusch war ein Mann hervorgetreten, der sich mit schnellen Schritten den fünfen näherte.

»Ganz großes Kino!«, rief Bob ihm freudestrahlend entgegen. »Das war unübertrieben *mehr* als oscarreif!«

»Wer sind Sie?«, raunzte Mr Dust erbost.

»Darf ich vorstellen?« Justus hob galant den Arm. »Das ist Frank Peel, ein hervorragender Vogeltrainer und Meister seines

Fachs. Im wahrsten Sinne des Wortes ein Vogelflüsterer. Er arbeitet in den *Universum Filmstudios* und hat mit seinen verblüffenden Dressuren schon Millionen Kinogänger in Erstaunen versetzt. Die Krähen, die er Ihnen auf den Hals hetzte, Mr Dust, waren demnach vollkommen harmlos und hätten Sie auch nicht ernstlich verletzt.«

»Ich komme wohl gerade zur rechten Zeit, wie?«

Überrascht fuhren die sechs herum. Wie aus dem Nichts war hinter ihnen eine Frau aufgetaucht.

Mrs June sah sie ungläubig an. »Das ist sie! Ja, ich bin mir ganz sicher! Die blonde Hochsteckfrisur und der schwarze Overall! Was haben Sie denn hier zu suchen? Sie schleichen ansonsten doch nur um anderer Leute Häuser herum und fotografieren heimlich durch die Fenster!«

»Das gehört unter anderem nun mal zu meinem Job.« Die Frau zog aus ihrer Brusttasche eine kleine Karte hervor und reichte sie der alten Dame. »Darf ich mich vorstellen: Kimberly Cryder. Ich arbeite als freie Journalistin für das Wochenblatt von Rocky Beach und habe mich wegen eines Artikels, der in der *Malibu Today* veröffentlicht wurde, an die Fersen *dieses* Mannes geheftet.« Sie deutete anklagend auf Mr Dust.

»Aha«, entgegnete Mrs June misstrauisch. »Aus welchem Grund denn?«

Mrs Cryder spitzte die Lippen. »In dem besagten Artikel ging es darum, dass ein gewisser Gordon Dust hier im Palisades Park ohne erkennbaren Grund von Krähen attackiert worden sei, was allerdings eine unverfrorene Lüge ist! Es gab nämlich sehr wohl einen Grund, das habe ich mit eigenen Augen gesehen. Ich wollte mehr über die Sache in Erfahrung bringen und habe deshalb seine Spur aufgenommen. Bisher bin ich aber noch nicht dahintergekommen, was dieser feine Kerl hier mit seiner Aktion bezwecken wollte.«

»Das ist eine lange Geschichte«, entgegnete Justus. »Meines Erachtens ging es ihm darum, einer noch weitergehenden Inszenierung mehr Glaubwürdigkeit zu verleihen und dabei zusätzlich einen Zeugen benennen zu können.«

»Nämlich mich«, klärte Peter die Journalistin auf. »Was mich aber brennend interessieren würde, wäre die Antwort auf die Frage, inwiefern Mr Dust gelogen hat? Was haben Sie im Park gesehen?«

Mrs Cryder setzte ihre Sonnenbrille ab. »Er wurde nicht grundlos von den Krähen angegriffen. Er hat die Attacke regelrecht herausgefordert, indem er die Vögel in der Korkeiche dort mehrmals mit Kieselsteinen bewarf. Wie ihr vielleicht wisst, ist bei den Krähen momentan Brutzeit, und da haben die Tiere ihre Jungen verteidigen wollen.«

Bobs Miene hellte sich auf. »Und somit ist auch die letzte Frage geklärt. Mit Steinwürfen hat Mr Dust die Krähen also in Rage gebracht. Und auf die gleiche Weise ist er vermutlich auch gestern vorgegangen, als wir die Zeugen der zweiten inszenierten Attacke wurden.«

»Ganz genau«, pflichtete ihm Justus bei. »Ich gehe fest davon aus, dass er die Klimaanlage in seinem Haus absichtlich abgeschaltet hat, nachdem wir an seiner Haustür geklingelt hatten. Schließlich brauchte er ja einen Vorwand, aufgrund der unerträglichen Hitze in dem Raum nach nebenan zu gehen, um dort die Balkontür zu öffnen. Er trat dann nach draußen, warf die bereitgelegten Kieselsteine in die Baumkrone, in der die Krähen über ihre Jungen wachten, und brauchte so nur kurz zu warten, bis zumindest eine Krähe aus dem Geäst hervorschoss, um sich zur Wehr zu setzen.«

»So eine üble Tierquälerei!«, schimpfte Bob wütend. »Schon allein dafür verdienen Sie es, hinter Gitter zu kommen!«

Mr Dust zeigte keine Gefühlsregung.

»Einen Moment noch«, meldete sich Peter zu Wort und wandte sich an die Journalistin. »Ich kann ja nachvollziehen, dass Sie, nachdem Sie aus der *Malibu Today* erfahren haben, welche Lügengeschichte Mr Dust dem Reporter aufgetischt hatte, mehr darüber in Erfahrung bringen wollten. Warum aber sind Sie denn vor *uns* so panisch weggelaufen, als wir sie zur Rede stellen wollten?«

Mrs Cryder setzte eine Unschuldsmiene auf. »Ich konnte doch nicht wissen, in welchem Verhältnis ihr zu Mr Dust steht. Es hätte ja auch sein können, dass ihr mit ihm unter einer Decke steckt. Und als ihr mich so misstrauisch angestarrt habt, hielt ich es für klüger, mich schnellstens aus dem Staub zu machen. Das könnt ihr mir doch nicht verübeln, oder? Schließlich ging und *geht* es für mich noch immer um eine große Story.«

»Ich werde jetzt Inspektor Cotta verständigen«, beschloss Justus und zog sein Handy hervor. »Doch welche Strafen

Mr Dust und Mr Hancock zu erwarten haben, liegt nicht in unserer Hand. Ich bin nur froh, dass wir den Fall erfolgreich lösen konnten und uns bei dieser Affenhitze nun endlich im Pazifik etwas Abkühlung verschaffen können!«

»Pazifik? Abkühlung? Da sagst du was, Erster …« Peter schlug mit der Hand gegen seine Stirn. »Ich bin doch heute Vormittag mit Jeffrey zum Surfen verabredet – und hab es bei all dem Trubel total vergessen. Der wird mich steinigen!«

»Ach was!« Mrs June legte tröstend ihre Hand auf seine Schulter. »Wenn's hart auf hart kommt, wird er dir höchstens ein Auge aushacken.«

»Wie bitte?«, entgegnete Peter entsetzt. »Meinen Sie das jetzt wirklich ernst?«

Bob schmunzelte vergnügt. »Sieh es gelassen, Zweiter, so was fällt eindeutig unter die Kategorie ›rabenschwarzer Humor‹!«